Otfried Preußler

Der Engel mit der Pudelmütze

Sieben Weihnachtsgeschichten

Mit Bildern von
Herbert Holzing

Thienemann

Die sieben Geschichten:

Der Engel mit der Pudelmütze

Die Geschichte von Marschners Felix aus Wurzelsdorf, von der Pudelmütze aus blauer und roter Wolle sowie von diversen Papierblumen für das liebe Jesulein.

Bei Marschners in Wurzelsdorf hatten sie damals einen kleinen Jungen, das war der Felix. Er war kein besonders braver, aber ein guter Junge, und das war recht so. Mehr wird man sich kaum erwarten dürfen von einem richtigen kleinen Jungen. Der Felix und seine Eltern lebten in einem winzigen Häusel am Waldrand, das hatte nur eine Küche und eine einzige kleine Stube und hinten hinaus einen Stall. Darin hatten gerade zwei Ziegen Platz, eine dritte hätte schon nicht mehr hineingepasst.

Der Vater vom Felix war der Herr Anton Marschner, der war ein Besenbinder. Obgleich er ein fleißiger Mensch war, konnte er die Familie mit der Besenbinderei nicht ernähren. Die Mutter vom Felix hat daher, notgedrungenermaßen, neben der Hausarbeit nicht nur die beiden Ziegen versorgt, sie hat außerdem noch Papierblumen binden müssen, jeden Tag einen Waschkorb voll. Zweimal die Woche hat dann der Vater Marschner die Körbe mit den fertigen Blumen nach Reinowitz gebracht, im Winter mit dem Schlitten, im Sommer auf dem Handwagen. Und in Reinowitz hat er sie beim Herrn Grossisten Wondrak abgeliefert, der hat sie dann weiterverkauft, nach Reichenberg und nach Prag, nach Wien und weiß Gott wohin.

Damals haben dort viele Frauen in Heimarbeit solche Papierblumen hergestellt, nicht nur die Mutter vom Felix. Den Draht für die Blumenstängel hat ihnen der Herr Wondrak geliefert, und das bunte Seidenpapier für die Blätter und Blüten auch. Und für jeden Korb mit fertigen Blumen hat er den Frauen zwei Kreuzer bezahlt. Das ist nicht gerade viel gewesen, selbst damals nicht. Manchmal hat die Mutter vom Felix eine ganze Woche lang nichts wie Nelken gebunden, manchmal Rosen, manchmal Kornblumen, manchmal Vergissmeinnicht, je nachdem. Dann hat sie beim Fenster gesessen und Marschners Felix hat sich nur wundern können, wie flink die Arbeit ihr von der Hand gegangen ist.

Die Mutter ist eine zierliche kleine Frau gewesen, mit großen Augen und schwarzem Haar. Wenn sie auch eine arme Frau war, so war sie doch lieb und schön. Und jedes Mal, wenn sie sich sonntags das blaue Kopftuch umband, musste der Felix denken: »Sieht sie nicht wie die Muttergottes aus?«

Ein Bild von der Muttergottes hing in der Ecke neben dem Fenster. Freundlich lächelnd blickte die Himmelsfrau in die Stube herab. Und das liebe Jesulein, das sie auf dem Schoß trug, lächelte auch. Es hielt in der linken Hand einen goldenen Apfel, zum Zeichen dessen, dass es der Herr der Welt war. Und mit der Rechten hat es den goldenen Apfel gesegnet, das liebe Jesulein.

Der Marschner Felix ist, wie gesagt, kein besonders braver Junge gewesen, aber ein guter und richtiger. Kein Mensch wird von einem richtigen kleinen Jungen erwarten können, dass er immerzu in der Stube hockt. Richtige kleine

Jungen müssen natürlich von Zeit zu Zeit auf die Bäume klettern und über den Dorfbach springen; sie müssen mit Steinen nach dem alten Blechtopf werfen, den sie auf Nachbars Zaun gesteckt haben; wenn es Winter wird, müssen sie ausprobieren, ob das Eis auf dem Mühlenweiher schon trägt; wenn es Sommer wird, müssen sie Höhlen graben und Hütten bauen im Wald – kurzum, es gibt tausend Dinge, die richtige kleine Jungen unbedingt tun müssen, wenn sie richtige kleine Jungen sind.

Und wenn sie sich dann beim Klettern die Hosen zerreißen oder das Hemd? Wenn sie mit ihrem Stein nicht den Blechtopf treffen, sondern das Stubenfenster vom Nachbarn? Wenn sie mit allen Kleidern ins Wasser fallen oder auch bloß in den Dreck? Dagegen kann man nix machen, dann haben sie Pech gehabt. Dass sie dafür geschimpft werden, müssen sie eben schlucken. Wenn es ab und zu ein paar hintendrauf gibt, so nehmen sie das gerechterweise in Kauf. Und im Übrigen hat es dem Felix hinterher immer schrecklich Leid getan, wenn er was Dummes angestellt hatte, weil er gemerkt hat, wie traurig die Mutter dann immer gewesen ist. Doch kein Mensch kann aus seiner Haut heraus, erst recht nicht ein richtiger kleiner Junge.

Dies alles brauchte nicht eigens erzählt zu werden, wenn sich nicht eines Tages – und zwar ausgerechnet zu Weihnachten – die Geschichte mit jener Pudelmütze ereignet hätte.

Die Pudelmütze hat er vom Christkindl geschenkt bekommen, der Felix, zusammen mit einem kleinen hölzernen

Schlitten. Wie er am Weihnachtsmorgen aufgewacht ist, hat der Schlitten vor seinem Bett gestanden. Und auf dem Schemel, da hat die Pudelmütze gelegen. Eine prächtige neue Pudelmütze aus roter und blauer Wolle und obendrauf hat sie eine weiße Bummel gehabt, fast so groß wie der goldene Apfel vom lieben Jesulein! Zudem ist die Mütze mit Äpfeln und Nüssen gefüllt gewesen, mit süßen Plätzchen und kleinen Stücken von Kandiszucker. Da kann man sich vorstellen, wie sich der Felix gefreut hat.

Noch am gleichen Nachmittag ist er mit dem neuen Schlitten losgezogen, zu seinen Freunden ins Dorf hinunter. Und weil es hübsch kalt war an diesem Tag, hat er zuvor noch die schöne große neue warme Pudelmütze aus blauer und roter Wolle aufgesetzt, dazu sind Pudelmützen ja schließlich da.

No, und da sind sie dann miteinander den ganzen Nachmittag Schlitten gefahren, der Felix und seine Freunde. Ein paar Mädchen sind auch dabei gewesen. Manche von den Kindern haben Schlitten gehabt, manche nicht. Die keinen hatten, sind bei den anderen mitgefahren, und manchmal sind sie auch bloß auf dem Hintern den Berg hinuntergerutscht. Und alle Kinder, ob mit oder ohne Schlitten, haben an diesem Nachmittag einen Heidenspaß gehabt auf der Schlittenbahn.

Am Abend dann, wie der Felix wieder nach Hause gekommen ist mit dem neuen Schlitten, da ist er von oben bis unten voll Schnee gewesen. Und rot im Gesicht. Und er hat eine kalte Nasenspitze und heiße Backen gehabt und die Ohren sind fast schon blau gewesen vor Kälte. »Ein Glück, dass sie nicht erfroren sind!«, hat die Mutter gesagt. »Warum hast du dir denn die Pudelmütze nicht drübergezogen?« – Die Pudelmütze!

Dem Felix ist himmelangst geworden vor Schreck. Nämlich die Pudelmütze, die schöne neue, mit der das Christkindl ihn beschert hat – die Mütze ist weg gewesen! Er muss sie beim Schlittenfahren verloren haben, ohne dass er's im Eifer bemerkt hatte.

Am andern Morgen, wie er dann mit der Mutter ins Dorf hinuntergegangen ist, um die Mütze zu suchen, da ist auf der Schlittenbahn alles voll Neuschnee gewesen, den hatte es über Nacht heruntergeschneit. Und die Pudelmütze hat irgendwo druntergelegen unter dem vielen Schnee und so haben sie lange und lange danach gesucht, aber nichts gefunden.

Der Felix ist sehr betrübt gewesen an diesem Morgen, die Mutter auch. »Jungerle, Jungerle«, hat sie zu ihm gesagt. »Immerfort musst du dummes Zeug machen! Stell dir ock vor, wie traurig das Christkindl sein wird, weil du die schöne Mütze schon wieder verschmissen hast.«

An das Christkindl hatte der Felix noch gar nicht gedacht. Still und zerknirscht ist er hinter der Mutter heimgetrottet und hat sich darüber Gedanken gemacht, was er tun kann, damit das Christkindl seinetwegen nicht traurig zu sein braucht. Und weil er ein guter Junge gewesen ist, wie wir ja alle wissen, so ist ihm auch wirklich was eingefallen.

Wie sie dann nämlich wieder zu Hause gewesen sind in der Stube, da hat nun der Felix von Mutters Papierblumen eine genommen, das ist eine rote Nelke gewesen, die hat in dem obersten Korb mit den fertigen Blumen gelegen: und diese Nelke, die hat er dem lieben Jesulein unter das Bild gelegt.

»Sei ock ne traurig, Christkindl, wegen der Pudelmütze«, hat er gemeint. »Ein andermal werd ich schon besser auf meine Sachen Acht geben, das versprech ich dir.«

Am Morgen danach ist die rote Nelke verschwunden gewesen, das Wandbrett war leer, und der Felix hat vor Erleichterung einen tiefen Seufzer getan. Nun wusste er ganz gewiss, dass das liebe Jesulein ihm verziehen hatte. Wenigstens bis zum nächsten Mal. »Denn«, hat die Mutter zum Felix gesagt, »vergiss nicht, dass du ihm jedes Mal neuen Kummer machst, wenn du dummes Zeug treibst.«

Das ist nun ein Wort gewesen. Ein Wort, das der Felix sich hinter die Ohren geschrieben hat. Doch bald schon hatte er wieder Pech, denn zwei Tage danach ist er mit dem Schlitten an einen Baum gefahren und hat sich am Kopf eine dicke Beule geholt. Da hat er dem lieben Jesulein wiederum eine von Mutters Papierblumen unter das Bild gelegt. Diesmal ist's eine gelbe Ringelblume gewesen, und wiederum hat er das Jesulein um Verzeihung gebeten. Am Morgen danach ist die Ringelblume verschwunden gewesen, auch diesmal wieder.

Von jetzt an hat es der Felix nie mehr versäumt, bei gegebenem Anlass dem lieben Jesulein eine von Mutters Papierblumen auf das Wandbrett zu legen: bald eine Rose, bald eine Tulpe, bald eine Aster, was halt gerade zur Hand gewesen ist. Und wenn man bedenkt, wie viel Tage das Jahr hat; und wenn man hinzubedenkt, wie viel Dinge es gibt, die ein richtiger kleiner Junge tun muss tagaus, tagein: da wird man sich ausrechnen können, dass es nicht wenige Blumen gewesen sind, die der Felix im Lauf des Jahres dem lieben Jesulein hat hinauflegen müssen unter das Bild in der Stubenecke neben dem Fenster.

Wie dann der nächste Heilige Abend gekommen ist und der Felix im Bett gelegen hat, in Erwartung dessen, was ihm das Christkindl wohl am anderen Morgen bescheren werde, da fallen ihm alle die vielen dummen Geschichten ein, die ihm in letzter Zeit unterlaufen sind. Deshalb meint er, es möchte wohl nicht verkehrt sein, wenn er sich wegen morgen Früh keine übertriebenen Hoffnungen macht.

No, so ist er dann eingeschlafen, der Felix von Marschners in Wurzelsdorf. Und wie er so schläft und schläft, auch die Eltern sind längst zu Bett gewesen: da hört er mit einem

Male, wie jemand von draußen ans Fenster klopft. Ganz leicht nur, wie mit dem Knöchel des kleinen Fingers. Aber der Felix ist wach geworden davon, zum Fenster gegangen und hat sich ein Guckloch gehaucht in die Eisblumen an der Scheibe. Und wie er hinausschaut, steht vor dem Fenster ein kleiner Engel. Barfuß, im weißen Engelshemd steht er da, und der Felix kann sich bloß wundern, wie er es bei der Hundekälte dort draußen aushält, in Eis und Schnee. Lediglich auf dem Kopf hat er eine Pudelmütze getragen, der kleine Engel – eine Pudelmütze aus blauer und roter Wolle, die obendrauf eine weiße Bummel hat. Dem Felix bleibt keine Zeit, sich darüber Gedanken zu machen. Nämlich der Engel gibt ihm ein Zeichen und sagt, dass er mitkommen soll. Er sagt es mit leiser Stimme und trotzdem kann ihn der Felix aufs Wort verstehen, durch die gefrorenen Fensterscheiben hindurch. Da hat Marschners Felix sich angezogen, ganz rasch und leise, damit er die Eltern im Schlaf nicht stört. Und dann ist er hinausgehuscht vor die Tür, zu dem kleinen Engel hinaus, und hat ihn gefragt, wohin er denn mitkommen soll.

»No, wohin denn wohl?«, hat der kleine Engel gemeint. »Nach Bethlehem selbstverständlich, kannst du dir das nicht denken?«

»Nach Bethlehem?«, hat der Felix gefragt. »Ist das weit von hier?«

»Ach woher!«, hat der kleine Engel geantwortet. »Setz dich ock auf den Schlitten, Felix, ich tu dich hinziehn!« Der Schlitten hat neben der Haustür gestanden, unter dem Vor-

dach. Da hat sich der Felix nun auf den Schlitten gesetzt und der kleine Engel hat »Abfahrt!« gerufen. Leicht und fröhlich ist er über den Schnee geschwirrt, mit der Schlittenschnur in der Hand: So hat er den Felix hinter sich hergezogen. Zuerst ist's ein Stück durch den Wald gegangen, dann über die Wiesenhänge zum Buchsteiner Bach hinunter und über die hölzerne Brücke hinüber, dann wieder bergauf in den nächsten Wald hinein. Und wie sie am anderen Ende des Waldes ins Freie kommen, da sehen sie unten im Tal schon die Dächer von Bethlehem und darüber den Weihnachtsstern.

Der Stall mit der Krippe ist hell erleuchtet gewesen vom himmlischen Glanz. Und es haben in dieser hochheiligen

Nacht siebenundfünfzig auserwählte Bürgermeister und Ortsvorsteher aus den Bezirken Reichenberg, Gablonz an der Neiße und Turnau dem lieben Jesulein ihre Aufwartung machen dürfen, wie zuvor schon die Hirten. Von Engeln herbeigeholt, sind sie dagestanden: in schwarzen Mänteln und schwarzen Hüten, und manche haben sogar Zylinderhüte getragen und goldene Amtsketten um den Hals. In Demut haben sie vor dem Stall mit der Krippe gestanden, die siebenundfünfzig Herren, und haben seit mindestens einer halben Stunde geduldig darauf gewartet, dass man sie einlässt zum lieben Jesulein. Aber der Felix von Marschners aus Wurzelsdorf, der Felix hat überhaupt nicht zu warten brauchen. Kaum war er angekommen auf seinem Schlitten, da ha-

ben zwei andere kleine Engel das Stalltor vor ihm geöffnet und der mit der Pudelmütze hat ihn hineingeführt.

Die Muttergottes hat dagesessen, auf einer bemalten Bauerntruhe, mit großen Augen und schwarzem Haar unterm blauen Kopftuch. Im ersten Augenblick hat der Felix wirklich gedacht, dass es seine Mutter ist, die da auf der Truhe sitzt.

Hinter ihr hat ein bärtiger Mann gestanden mit einem Stecken und einem goldenen Ringel im Ohr, wie die Zimmerleute sie tragen, der heilige Josef mit einem Wort. Und vor ihnen lag in einer Wiege aus Fichtenbrettern das liebe Jesulein. Und es hat nicht auf Heu und es hat nicht auf Stroh gelegen, sondern auf lauter herrlichen bunten Blumen: auf Rosen, Narzissen und Kornblumen, Ringelblumen und Astern, auf Veilchen und rotem Mohn – und dies mitten zur Winterszeit!

Wie das die siebenundfünfzig Bürgermeister und Ortsvorsteher gesehn haben, durch die offene Stalltür hindurch, da sind sie nicht wenig verwundert gewesen. Und der Herr Bürgermeister Doktor Bayer aus Reichenberg hat gesagt, was sich alle bei diesem Anblick ohnehin schon gedacht hatten.

»Donnerwetter!«, hat er gerufen. »Die schönen Blumen! Das möcht man ja gar nicht glauben, dass es um diese Jahreszeit so was gibt!«

Er hatte es kaum gesagt, da hat sich das liebe Jesulein in der Wiege aufgerichtet.

»Die Blumen da«, hat es mit heller Stimme verkündet, »die

habe ich alle von meinem Freund bekommen, von Marschners Felix aus Wurzelsdorf, der hier zu meiner Rechten steht. Seht ihn euch alle an! Er ist kein besonders braver, aber ein guter Junge – und das ist das Beste, was man von einem richtigen kleinen Jungen erwarten kann.«

Wie das der Felix gehört hat, da hat er ganz rote Ohren bekommen, teils vor Freude und Stolz und teils aus Verlegenheit. Und dann hat er sich hingekniet vor die Wiege und hat den Kopf geneigt.

Und das liebe Jesulein hat ihm ganz leicht mit der Segenshand übers Haar gestrichen. Da ist es dem Felix so wunderbar warm und wohlig geworden, dass er gemeint hat, nun ist er im Himmelreich.

Aber im Himmelreich ist er nicht gewesen, sondern im Stall von Bethlehem. Und draußen haben die siebenundfünfzig Bürgermeister und Ortsvorsteher darauf gewartet, dass endlich auch sie in den Stall hereindürfen.

Deshalb hat der kleine Engel, der mit der Pudelmütze, dem Felix ins Ohr geflüstert, dass er nun mitkommen soll. Nicht etwa schon nach Hause – nein, Gott bewahre, bloß ein paar Schritte weg von hier, in den hinteren Teil des Stalls, zu den andern Kindern.

Nämlich dort hinten, bei Ochs und Esel, da sind ein paar Mädchen gewesen und ein paar Jungen, die mögen alle im Alter von Marschners Felix gewesen sein. Auch sie haben heut, in der Heiligen Nacht, nach Bethlehem kommen dürfen, zum lieben Jesulein in den Stall. Auch sie sind von kleinen Engeln daheim aus dem Schlaf geweckt und zur Krippe geleitet worden. Und alle sind sie, genau wie der Felix aus Wurzelsdorf, keine besonders braven Kinder gewesen, aber doch gute.

Es haben nun also doch noch die siebenundfünfzig Bürgermeister und Ortsvorsteher aus den Bezirken Reichenberg, Gablonz an der Neiße und Turnau dem lieben Jesulein ihre Aufwartung machen dürfen.

Einer nach dem andern ist an die Wiege herangetreten, hat voller Ehrfurcht den Hut gezogen und eine tiefe Verbeugung gemacht. Jeder Einzelne von ihnen hat dem lieben Jesulein eine kurze, jedoch überaus feierliche Ansprache gehalten, die meisten in deutscher Sprache und einige auch auf Tschechisch. Doch Marschners Felix aus Wurzelsdorf und die anderen Kinder haben den Herren Bürgermeistern und Ortsvorstehern nicht zugehört, die Kinder waren im hinteren Teil des Stalles mit besseren Dingen beschäftigt.

Dort haben die Jungen mit ihren Engeln im Heu Verstecken gespielt; und die Mädchen sind mit den ihren auf einer Bohle gesessen, die hatte der heilige Josef eigens für sie mit zwei Stricken an einem Querbalken unterm Heuboden festgebunden: Da haben sie miteinander geschaukelt, das muss sehr lustig gewesen sein.

Wie aber dann die siebenundfünfzig Bürgermeister und Ortsvorsteher fertig gewesen sind mit der Aufwartung und den Lobreden in den beiderlei Landessprachen, und wie sie den Stall von Bethlehem unter tiefen Verbeugungen endlich verlassen hatten, da haben die Kinder wieder nach vorne dürfen, zum lieben Jesulein. Aus zwei Sägeböcken und einer alten Tür hat der heilige Josef rasch einen großen Tisch für sie aufgestellt und danach hat die Muttergottes die Kinder daran bewirtet. Mit heißer Honigmilch und mit Hirsebrei, mit Pfefferkuchen und Anisplätzchen, mit Zimtsternen, Mandelkücheln und Weihnachtsbrot.

Und während die kleinen Gäste geschmaust haben, ist sie, das liebe Jesulein auf dem Arm, an dem Tisch herumgegangen und hat sich gefreut, wie gut es den Kindern bei ihr geschmeckt hat.

Und das liebe Jesulein und der heilige Josef, der Ochs und der Esel und alle Engel im Stall von Bethlehem haben sich mitgefreut.

Allmählich haben die Kinder dann aber nach Hause müssen. Eins nach dem anderen ist zu der Muttergottes gegangen und hat sich für alles bedankt und das liebe Jesulein hat es zum Abschied noch einmal gesegnet und hat ein paar gute Worte zu ihm gesprochen, bevor dann ein jedes von seinem Engel wieder nach Hause gebracht worden ist, in sein warmes Bett.

Auch Marschners Felix aus Wurzelsdorf hat sich mit einem »Vergelt's Gott« bedankt bei der Muttergottes und hat, wie die anderen Kinder auch, seinen Abschiedssegen bekommen vom lieben Jesulein.

»Bleib du nur weiter ein guter Junge«, hat es zu ihm gesagt und dabei auf die vielen Blumen gezeigt, die ihm der Felix im Lauf des vergangenen Jahres geschenkt hatte. Und dann hat es hinzugefügt: »Ganz so viele brauchten es eigentlich nicht zu sein, ein paar weniger täten's in Zukunft auch.«

Und die Muttergottes, deren Stimme genau so geklungen hat wie die Stimme von Felix' Mutter, die Muttergottes hat zu den Worten vom lieben Jesulein mit dem Kopf genickt und ihm beigepflichtet.

»Ach ja, es möchte wohl schon die Hälfte ausreichen, Jungerle«, hat sie gemeint. »Tu dir ock tüchtig Mühe geben, dass du uns nicht mehr ganz so oft eine Blume hinauflegen musst.«

No, der Felix – was wird er der Muttergottes darauf geantwortet haben?

Natürlich will er sich Mühe geben, hat er zu ihr gesagt. Von jetzt an wird er versuchen, ein bissel braver zu sein, das verspricht er ihr. Dabei hat er ihr fest und aufrichtig in die

Augen geschaut – bis ihm der kleine Engel, der mit der Pudelmütze, die Hand auf die Schulter gelegt und gemeint hat, nun müssten sie aber endlich heim.

Ja, und da hat nun der kleine Engel den Felix auf seinem Schlitten wieder nach Hause gezogen, bis vor das Marschnerhäusel am Waldrand von Wurzelsdorf. Dort hat er ihn abgesetzt. Und draußen hat er gewartet, bis er durch das Guckloch im Fenster gesehen hat, dass der Felix wieder im Bett liegt.

Erst dann hat der kleine Engel sich wieder davongemacht, zurück in die ewige Seligkeit. Und erst jetzt ist dem Felix im Nachhinein ein Gedanke gekommen, der ihm viel früher schon hätte kommen müssen.

Nämlich er hätte den kleinen Engel ja fragen können, ob er sich denn beim Christkindl nicht für ihn, den Felix aus Wurzelsdorf, möchte dahin verwenden können, dass es ihm vielleicht doch noch ein zweites Mal eine Pudelmütze beschert: solch eine schöne warme aus blauer und roter Wolle, wie er sie auf der Schlittenbahn leider verloren hat, vorige Weihnachten gleich am ersten Tag.

No schade, dazu ist es nun zu spät gewesen, das hat er verpasst, der Felix.

Aber es kommt ja in solchen Geschichten nicht selten anders, als man es sich vernünftigerweise erwarten kann. Und wie nun der Felix am heiligen Weihnachtsmorgen erwacht, da wird es uns nicht verwundern dürfen, dass auf dem Schemel vor seinem Bett keine blaue und rote Pudelmütze gele-

gen hat – dafür aber eine andere! Eine aus grüner Wolle diesmal, mit braunem Muster und einer gelben Bummel drauf.

Und wie sie der Felix zur Probe aufsetzt, er ist noch im Nachthemd gewesen und barfuß, da hat er zu seiner Freude gemerkt, dass die neue Mütze noch viel, viel wärmer gewesen ist als die alte. Und viel, viel weicher. So warm und so weich, als möchte das liebe Christkindl eigens sie von der Muttergottes für ihn, den Felix aus Wurzelsdorf, haben stricken lassen.

Vom wahren, vom wirklichen Bethlehem

Die Geschichte vom Herrn k. k. Bezirksschulinspektor Richter aus Reichenberg, vom Herrn Oberlehrer Tschiedel und dessen Nieder-Berzdorfer Schulkindern sowie von einer denkwürdigen Unterrichtsstunde in der deutschen Sprachlehre.

An der zweiklassigen Volksschule von Nieder-Berzdorf hat damals der Herr Oberlehrer Johann Tschiedel unterrichtet, und zwar meistens die Kinder des dritten und vierten Schuljahrs gemeinsam in einer Klasse. Er ist weit und breit als besonders tüchtiger Lehrer bekannt gewesen, und weil sich das mit der Zeit herumgesprochen hat, so ist man schließlich sogar bei der kaiserlich königlichen Landesschulinspektion zu Prag auf den Gedanken gekommen, ob man nicht vielleicht den Herrn Oberlehrer Tschiedel zum k. k. Musterlehrer ernennen sollte.

Der Herr Oberlehrer Tschiedel in Nieder-Berzdorf hat von solchen Erwägungen seiner obersten Dienstbehörde allerdings nichts gewusst und auch nichts geahnt. Er hat seine Nieder-Berzdorfer Schulkinder gewissenhaft unterrichtet wie allezeit und nebenbei seinen kleinen Garten gehegt und die Bienenstöcke hinter dem Schulhaus versorgt. Der Herbst war gekommen, es ging auf den Winter zu. Die letzten Astern im Garten waren längst abgeschnitten, die Rosenbeete mit Reisig zugedeckt, die Bienenvölker nach allen Regeln der Imkerei eingewintert. Dann gingen die ersten Fröste über das Land, der erste Schnee fiel und bald stand auch diesmal wieder das Weihnachtsfest vor der Tür.

Unterdessen hatte man sich bei der k. k. Landesschulinspektion zu Prag endgültig dahin entschieden, den Herrn Oberlehrer Tschiedel vor der ins Auge gefassten Beförderung ein letztes Mal visitieren zu lassen, und zwar zuständigkeitshalber durch den Herrn k. k. Bezirksschulinspektor Richter in Reichenberg. Und weil man ja zur Genüge weiß, wie Zeit raubend und beschwerlich der Dienstweg bisweilen sein kann, so wird man sich nicht darüber wundern dürfen, dass mittlerweile bereits die Weihnachtswoche angebrochen war, als der Herr k. k. Bezirksschulinspektor Richter endlich die amtliche Weisung in Händen gehalten hat, dass er unbedingt noch vor Ablauf des Jahres den Herrn Oberlehrer Tschiedel Johann in Nieder-Berzdorf einer dienstlichen Visitation unterziehen muss.

Am Tag vor dem Heiligen Abend, dem letzten Schultag vor Weihnachten, ist es bitterkalt gewesen. Da hat er sich in der Frühe von einem Pferdeschlitten nach Nieder-Berzdorf hinausfahren lassen, der Herr Inspektor aus Reichenberg. Es haben sich ja die beiden Herren seit langem gekannt und geschätzt und der Herr Bezirksschulinspektor Richter hat zum Herrn Oberlehrer Tschiedel ausdrücklich gesagt, dass es sich wirklich nur um eine bloße Formalität handelt, wenn er ihn heute weisungsgemäß besuchen kommt. Die Schulkinder des dritten und vierten Schuljahres, sechzehn Jungen und neunzehn Mädchen, sind in den Dreierbänken gesessen wie hingemalt und es ist eine wahre Freude gewesen, wie brav und eifrig sie sich verhalten haben im Unterricht.

In der Rechenstunde, beim Kopfrechnen mit dem kleinen

und großen Einmaleins, hat es von richtigen Antworten nur so geschnurrt. Und wie der Herr Oberlehrer Tschiedel dann zu den Textbeispielen übergegangen ist, da hatte er für den letzten Schultag vor Weihnachten lauter Rechnungen vorbereitet, die haben allesamt mit dem lieben Christfest zu tun gehabt, mit der Weihnachtsbäckerei und mit Äpfeln und Nüssen und Hutzelbirnen. Den Kindern hat diese Rechnerei großen Spaß gemacht und hinten, im Lehnstuhl neben dem Ofen, da hat sich der Herr k. k. Bezirksschulinspektor Richter schon vorsorglich ein paar lobende Anmerkungen für den Visitationsbericht aufnotiert.

Die zweite Stunde ist eine Rechtschreibstunde gewesen, da hat der Herr Oberlehrer Tschiedel mit seinen Schulkindern die Wortfamilie »Weihnachten« durchgenommen, wobei sie gelernt und begriffen haben, weshalb man Weihnachten und alles, was sonst noch mit dem Zeitwort weihen zusammenhängt, mit einem h nach dem ei zu schreiben hat. Und zwar ist das in diesem Falle kein Dehnungs-h, weil es bekanntlich nach Doppelselbstlauten keine Dehnung gibt, sondern ein Herkunfts-h, als besonderes Merkmal der ganzen Familie. Auch mit dem Verlauf dieser zweiten Stunde hat der Herr k. k. Bezirksschulinspektor außerordentlich zufrieden sein können, und das hat er dem Herrn Oberlehrer Tschiedel während der anschließenden Pause auch ausdrücklich zu verstehen gegeben.

Die dritte und letzte Visitationsstunde ist dann der deutschen Sprachlehre vorbehalten gewesen. Um genau zu sein: der Betrachtung und Anwendung von Wenn-dann-Sätzen unter besonderer Einübung der entsprechenden Beistrich-Regel. Allerdings hat die Stunde zunächst überhaupt nicht so angefangen, dass man sich hätte vorstellen können, was daraus einmal werden soll. Nämlich fürs Erste hat der Herr Oberlehrer den Schulkindern lediglich eine Weihnachtsgeschichte erzählt, und zwar die Geschichte von einem gewissen Felix aus Wurzelsdorf, welcher zwar kein besonders braver, jedoch ein guter Junge gewesen ist. Und der Herr Tschiedel hat die Geschichte genau bis dorthin erzählt, wo in der Heiligen Nacht der kleine Engel beim Felix ans Fenster klopft und ihn auffordert, mitzukommen nach Bethlehem. Hier aber, wo die Geschichte vom Felix besonders spannend wird, hat der Herr Tschiedel sie einfach abgebrochen. Was nämlich weiter geschehen ist, meint er, das alles werden sich ja die Kinder mit Leichtigkeit ausmalen können, wenn sie sich vorstellen, dass ihnen selber zu nächtlicher Stunde ein kleiner Engel durchs Fenster zuruft, sie sollen mit ihm nach Bethlehem kommen, zur Krippe im Stall ...

Wie er das kaum gesagt hat, da haben sich sämtliche Kinder zur Antwort gedrängt, selbst der Appelt Willi aus dem dritten und die Bienert Rosl aus dem vierten Schuljahr, welche sich üblicherweise am Unterricht äußerst sparsam beteiligen: die Rosl aus angeborener Schüchternheit, und der Willi, wir müssen es leider sagen, weil er nicht eben ein Ausbund an überschäumender Klugheit gewesen ist. Und so hätten die Kinder am liebsten jetzt alle gleichzeitig losgelegt, denn samt und sonders hatten sie viel zu sagen zu dieser Frage. Es hätte indessen der Herr Oberlehrer Tschiedel nicht

Weihnachten

der Herr Oberlehrer Tschiedel sein dürfen, wenn es ihm nicht gelungen wäre, die Kinder zur Ruhe zu bringen.

Was tut er? Er nimmt die Kreide zur Hand und schreibt an die Wandtafel: »Wenn ich dem Engel nach Bethlehem folgen darf«, und dann hat er mit roter Kreide hinter das Zeitwort »darf« einen dicken Beistrich gesetzt und mit weißer Kreide drei Punkte hinzugefügt. Ausgenommen den Appelt Willi, haben die Kinder sogleich verstanden gehabt, was das soll. Und nun haben sie, wie gewünscht, die Wenn-dann-Sätze unter Berücksichtigung der Beistrichregel eingeübt. Zuerst hat ausgerechnet die Bienert Rosl immer vorlesen dürfen: »Wenn ich dem Engel nach Bethlehem folgen darf«, hierauf haben die übrigen Kinder gemeinsam »Beistrich!« gerufen, und nun haben sie einzeln fortfahren dürfen, jeweils ein Junge im Wechsel mit einem Mädchen. »... dann zieh ich mir warme Kleider an«, hat der Krause Reini gesagt. Und die Rückert Mariechen hat sich vernehmen lassen: »... dann binde ich mir das wollene Kopftuch um.«

In dieser Art ist es weitergegangen. Die Kinder haben fürs Erste davon berichtet, wie sie sich für den Weg nach Bethlehem anziehen werden, nämlich so warm wie möglich. Und hierauf haben sie sich darüber Gedanken gemacht, welche Geschenke sie mitnehmen wollen zur Krippe: ein Federbett für das liebe Jesulein, Handschuhe für die Muttergottes und für den heiligen Josef ein Paar warme Filzpotschen für die Füße. Andere haben Tannenzapfen und Reisig, Kienholz und Buchenscheiter mitbringen wollen, damit die Heilige Familie genug zum Heizen hat. Und die Ressel Anni hat sogar gemeint, sie wird der Muttergottes und dem heiligen Josef einen schönen heißen Kaffee kochen, dort im Stall, damit sie sich daran aufwärmen können.

Dies alles ist Schlag auf Schlag gegangen, stets mit dem »Beistrich!«-Ruf an der richtigen Stelle. Und eigentlich hätte der Herr k. k. Bezirksschulinspektor vom Verlauf dieser Unterrichtsstunde mindestens ebenso begeistert sein müssen wie die Schulkinder – aber je weiter die dritte und letzte Visitationsstunde ihren Fortgang genommen hat, desto erschreckender ist an den Tag gekommen, dass sich die Nieder-Berzdorfer Schuljugend von den Gegebenheiten im biblischen Städtchen Bethlehem ein absolut unzutreffendes Bild macht. Und weil der Herr Oberlehrer Tschiedel keinerlei Anstalten getroffen hat, den irrtümlichen Vorstellungen seiner Schülerinnen und Schüler entgegenzutreten, so ist dem Herrn Schulinspektor Richter nichts anderes übrig geblieben, als dass er persönlich sich in den Unterricht einschalten müssen hat.

Er ist also aus dem Lehnstuhl neben dem Ofen aufgestanden, hat sich unter mehrmaligem Räuspern nach vorne zur Tafel begeben und hat zum Herrn Oberlehrer Tschiedel gesagt: »Erlauben Sie, Herr Kollege, dass ich die Weiterführung der Stunde von jetzt an selbst übernehme.« Und dann hat er sich an die Kinder gewandt, mit den Worten: »Aus allem, was ich bisher gehört habe, musste ich leider den Eindruck gewinnen, dass euer Wissen in biblischer Hinsicht ungemein dürftig ist. Ihr tut ja nicht anders, als möchte das Städtchen Bethlehem irgendwo hier in der Nähe liegen –

sagen wir zwischen Kratzau und Machendorf. Dem aber ist nicht so!«

Und nun hat er den Nieder-Berzdorfer Schulkindern beizubringen versucht, wie man das biblische Bethlehem sich gefälligst vorzustellen hat. Dass es dort weder Schnee gibt noch Eis, sodass man sich keineswegs Stroh in die Schuhe zu stopfen braucht wegen der Winterskälte; nämlich man geht dort barfuß oder man trägt Sandalen zu leichter morgenländischer Kleidung. Und selbstverständlich gibt es im Krippenstall keinen Ofen, den man mit Tannenzapfen und Holzscheitern heizen müsste, um beispielsweise Kaffee zu kochen darauf. Und so ist er nach besten Kräften bemüht gewesen, den Schülerinnen und Schülern ein wahrheitsgetreues Bild vom biblischen Bethlehem zu vermitteln – mit dem Erfolg, dass die Kinder darüber ganz kleinlaut und traurig geworden sind, nämlich das biblische Bethlehem hat nicht halb so lieb und vertraut ihnen vorkommen wollen als ihr bisheriges, welches ungefähr zwischen Kratzau und Machendorf hätte liegen können.

Wie dann der Herr Inspektor der Meinung gewesen ist, dass alles genügsam erklärt und richtig gestellt sei, hat er die

Kinder aufgefordert, in der Einübung der Wenn-dann-Sätze fortzufahren, jetzt aber, wohlbemerkt, auf der Grundlage dessen, was er soeben vom wahren, vom biblischen Bethlehem ihnen berichtet habe. »No? Wer traut sich und macht den Anfang?«

Aber die Nieder-Berzdorfer Schulkinder haben sich nicht getraut. Die haben mit hängenden Köpfen in ihren Dreierbänken gesessen und keinen Mucks getan. Bloß der Appelt Willi hat von den Worten des Herrn Inspektors sich nicht beirren lassen, weil er vermutlich sie ohnehin nicht verstanden hat; und so hat er sich also in aller Unschuld gemeldet. Und wie ihn der Herr Inspektor aufruft, da kann der Willi ihn endlich loswerden, den mit beträchtlicher Anstrengung von ihm vorbereiteten Satz, indem er mit halb geschlossenen Augen und fester Stimme hinausposaunt: »Wenn ich dem Engel nach Bethlehem folgen darf – Beistrich! –, dann tu ich dem heiligen Josef eine große Flasche Schnaps mitnehmen, damit er sich keinen Schnupfen holen tut bei der Hundekälte!«

Weitere Übungssätze sind von den Nieder-Berzdorfer Schulkindern nicht zu haben gewesen an diesem Vormittag. Und weil ohnehin mittlerweile das Ende der dritten und letzten Stunde gekommen war, hat der Herr Oberlehrer Tschiedel das Beste getan, was er tun konnte: er hat seine Geige hervorgeholt und hat mit den Kindern zweistimmig »O du fröhliche« gesungen. Dann haben die Kinder im Chor »Gesegnete Weihnachten, Herr Oberlehrer!« gerufen und anschließend, auf einen ausdrücklichen Wink vom Herrn

Tschiedel hin, auch noch: »Gesegnete Weihnachten, Herr k. k. Bezirksschulinspektor!«

No – gesegnete Weihnachten! Wie er am zeitigen Nachmittag wieder nach Hause gekommen ist, der Herr k. k. Bezirksschulinspektor Richter, da hat er sogleich sich im Wohnzimmer an den Schreibtisch gesetzt und hat damit anfangen wollen, den Visitationsbericht zu Papier zu bringen: vorerst nur im Entwurf, versteht sich.

Aber die Frau Bezirksschulinspektor hat es dazu nicht kommen lassen, nämlich sie hat eine Menge von Sachen gehabt, die alle noch unbedingt vor den Feiertagen haben erledigt sein müssen, beispielsweise der Einkauf des Weihnachtskarpfens und dessen Abschlachtung, der Erwerb und die Aufstellung eines Christbaums in angemessener Größe sowie der Versand von Festtagsgrüßen an den Herrn Bürgermeister und einige weitere hoch gestellte Persönlichkeiten in der Stadt Reichenberg. »Du wirst nicht von mir verlangen können, dass ich das alles alleine mache«, hat sie gesagt. Und demzufolge hat sich der Herr Inspektor dazu entschließen müssen, dass er die Konzipierung des Visita-

tionsberichtes auf morgen verschiebt, das heißt: auf den Tag vor dem Heiligen Abend.

Da ist dann der Karpfen bereits geschlachtet gewesen, der Christbaum war glücklich aufgestellt und geschmückt und die gestern noch mit der Abendpost aufgegebenen Glückwünsche mussten inzwischen die Adressaten bereits erreicht haben. In der Zeit vor dem Nachtmahl erst, während die Frau Inspektor sich in der Küche der Zubereitung des Weihnachtskarpfens gewidmet hat, ist es dem Herrn Inspektor dann möglich geworden, wenigstens jenen Teil des Berichtes zu konzipieren, der ihm das meiste Kopfzerbrechen bereitet. Nämlich bei aller Würdigung dessen, was der Herr Tschiedel an ungewöhnlichem Fleiß und Lehrgeschick an den Tag legt, wird man doch leider die Tatsache nicht verschweigen dürfen, dass er es mit der biblischen Unterweisung der Jugend nicht übermäßig genau nimmt.

Es muss hier, zur Ehre des Herrn k. k. Bezirksschulinspektors Richter, mit allem Nachdruck vermerkt werden, dass ihm sogar die entwurfsweise Niederschrift des bewussten Abschnittes überaus schwer gefallen ist. Und so hat er die Feder nur allzu gern aus der Hand gelegt, wie dann die Frau Inspektor nach ihm gerufen hat, weil inzwischen der Tisch gedeckt und der Karpfen fertig gewesen ist.

Nach dem Weihnachtsmahl und der Bescherung hat dann der Herr Inspektor es sich im Lehnstuhl bequem gemacht, und während die Frau Inspektor ein wenig Klavier gespielt hat, hat sich der Herr Inspektor zwei Stamperln Karlsbader Becherbitter genehmigt, das doppelte Quantum wie sonst. Daran anschließend ist man zu Bett gegangen, ein bissel später als üblich, weshalb denn die Frau Inspektor nach wenigen Atemzügen bereits entschlummert ist. Hingegen vermochte der Herr Inspektor, trotz zweifachen Becherbitters, beim besten Willen nicht einzuschlafen. Nämlich mit einem Mal ist ihm der Visitationsbericht wieder eingefallen, den er ja nach den Feiertagen abschicken müssen wird. Deshalb hat er sich in Gedanken den Ablauf der fraglichen Unterrichtsstunde noch einmal vergegenwärtigt. Und wie er zu jener Stelle gekommen ist, wo von dem kleinen Engel die Rede gewesen war, der ans Fenster geklopft hat – was muss er da plötzlich hören, der Herr Inspektor? Er hört, wie ein Engel bei ihm an die Schlafzimmertüre klopft! Und er sieht, wie der Engel zu ihm hereinschwebt: ein großer, ein ausgewachsener Engel mit wallendem Haupthaar und herrlich geschwungenen Fittichen.

»Kommen Sie, bitt schön, mit mir nach Bethlehem«, fordert der Engel ihn auf. Und wie nun der Herr Inspektor zum Kleiderschrank eilen will, um sich anzukleiden, mit Frack und Zylinder, wie er's dem festlichen Anlass schuldig zu sein vermeint: da stellt sich der Engel ihm kopfschüttelnd in den Weg. »Was soll's?«, fragt er, auf den Spiegel überm Frisiertisch der Frau Inspektor deutend. Und siehe, wie der Herr Richter sich darin anblickt, da ist er mit einer von jenen leichten morgenländischen Trachten bekleidet gewesen, wie er sie von den Anschauungsbildern zur biblischen Unterweisung kennt. Und es wundert ihn nicht im Mindesten, dass er zu solcher Gewandung nicht die gewohnten Schuhe, sondern Sandalen trägt.

»Nun?«, fragt der Engel. »Sind Sie bereit, Herr k. k. Bezirksschulinspektor?« Und ohne dass er die Antwort abwartet, nimmt er den guten Mann in die Arme und schwingt sich mit ihm durchs Fenster hinaus, in die Heilige Nacht. Dann fliegt er mit ihm dahin, dass es nur so rauscht und braust. Gleich, denkt der Herr Inspektor, gleich sind wir in Bethlehem! Und schon meint er, tief unten die Palmen und Feigenbäume zu sehen, die weißen Häuser des biblischen Städtchens, die flachen, im Mondlicht schimmernden Dächer ...

Was aber sieht er in Wirklichkeit, wie er näher hinschaut? Er sieht ein verschneites Tal, von verschneiten Fichtenwäldern gesäumt, mit verschneiten Häusern und Hütten im heimischen Blockwandbau – und darüber den Weihnachtsstern. Ist das Bethlehem? »Ja«, sagt der Engel zum Herrn Inspektor. »Ja, das ist Bethlehem.«

Damit hat er ihn drunten abgesetzt, vor dem Stall mit der Krippe: in leichter morgenländischer Tracht, wie gesagt, und mit ebenso leichten Sandalen in morgenländischer Art, wie wir gleichfalls bereits gehört haben. Und es ist kalt gewesen

in Bethlehem, bitterkalt. Tiefster Winter, kurzum, voller Eis und Schnee. Mit Eiszapfen, die vom Dach des Stalles herabhängen, starr und schwer. Sie funkeln und glänzen im Licht des Weihnachtssterns. Und Gesang ertönt aus der Höhe, Chorgesang. Auf dem Dachboden über der Krippe, da hat sich der Reichenberger Deutsche Lehrerinnen- und Lehrergesangsverein Silcher postiert gehabt und nun singen sie dort im gemischten Chor, jedoch warm gewandet, erlesene Weihnachtslieder. Und unten, neben der Krippe: wer kniet da inmitten der Schar seiner Nieder-Berzdorfer Schulkinder, ausgestattet mit einem pelzgefütterten Überzieher nebst dito Mütze – no wer schon?

Andächtig kniet er da, vor dem lieben Jesulein und der Muttergottes, der Herr Oberlehrer Johann Tschiedel aus Nieder-Berzdorf. Und es dauert eine ganze Weile, bis er den Herrn k. k. Bezirksschulinspektor Richter bemerkt, welchen es jämmerlich friert in der leichten morgenländischen Tracht. Dann aber, wie er zufällig ihn erblickt hat, der gute Herr Tschiedel, da gibt er sogleich seinen Schulkindern einen Wink. Und jetzt nimmt sich die Bienert Rosl des frierenden Herrn Inspektors an. »Bitt schön«, sagt sie, bei aller ihr angeborenen Schüchternheit. »Ob sich der Herr Inspektor nicht bissel aufwärmen kommen möchten?«

Dann nimmt sie ihn bei der Hand und führt ihn zum Ofen, die Bienert Rosl. Die Nieder-Berzdorfer Schuljugend hat ja dafür gesorgt, dass genügend Heizstoff vorhanden ist. Nicht genug damit. Nämlich die Ressel Anni hat auf dem Ofen einen Kaffee gekocht, heiß und stark: davon bietet sie

eine Tasse dem Herrn Inspektor an. Und der Appelt Willi, wie angekündigt, hat eine Flasche Schnaps von zu Hause mitgebracht, den flößt er dem Herrn Inspektor schluckweise ein, bis es ihm davon wärmer und immer wärmer wird. Und im Kopf, mit Verlaub gesagt, wird es ihm immer unbestimmter davon, gleichsam als möchte er sich allmählich benebeln, von innen her.

Aber dem lieben Jesulein in der Krippe, dem hat er trotzdem noch seine Aufwartung machen können, der Herr Inspektor: in Würde, das sei gesagt, ohne jegliche noch so geringe Schwankung von Leib und Seele. Danach aber, wie er den Segen empfangen hatte, sind ihm die Sinne geschwunden – und niemand wird sagen können, woran das gelegen hat: ob an der Segensfülle oder am Appelt Willi aus Nieder-Berzdorf und seinem Schnaps oder sonst woran.

Wie er jedenfalls aufgewacht ist, am heiligen Weihnachtsmorgen, da hat der Herr k. k. Bezirksschulinspektor Richter in Reichenberg nichts Eiligeres zu tun gehabt, als dass er den gestern entwurfsweise niedergeschriebenen Visitationsbericht in den Ofen gesteckt und verbrannt hat.

Nämlich das wird man zwar, leider Gottes, der k. k. Landesschulinspektion zu Prag kaum beibringen können: falls aber er, der Herr k. k. Bezirksschulinspektor Richter in Reichenberg, einigermaßen zutreffend unterrichtet ist, scheint in der Tat das wahre, das wirkliche Bethlehem irgendwo in der nächsten Nähe zu liegen, sagen wir ungefähr zwischen Kratzau und Machendorf.

Zwei Krücken zu viel

Die Geschichte vom armen slowakischen Rastlbinder und seinem Bären sowie von der Großmutter Dora in Reichenberg, von den Nachtigallen im Winterwald und vom doppelten Kniefall in einem gewissen Stall.

Es war einmal ein armer slowakischer Rastlbinder, der zog damals von Ort zu Ort und von Tür zu Tür. Er trug auf dem Rücken ein hölzernes Traggestell, da hatte er alles draufgepackt, was er brauchte: ein paar Rollen mit Draht in verschiedenen Stärken, den Werkzeugkasten, ein wenig Wäsche und eine Schlafdecke, die sich notfalls als Umhang verwenden ließ, wenn es regnete oder zu schneien anfing. Außen an der Trage hingen aus Draht geflochtene Vogelkäfige, kleine und größere, Mausefallen und Küchensiebe, Seiher mit haarfeinen Maschen, zum Abseihen von Kaffee und Tee, und selbstverständlich auch Schneebesen. Damit ist er hausieren gegangen. Und immer, wenn er bei uns die Straße heraufkam in Reichenberg, als wir noch Kinder waren, da hörten wir schon von weitem, wie er mit hoher, ein wenig blecherner Stimme rief: »Raaastln zu binden, bitt schön! Raaastln zu binden!«

Ein schmächtiger junger Mensch war er, dunkelhaarig und klein, ein slowakischer Rastlbinder wie viele andere. Nur: auf dem linken Bein ist er lahm gewesen, weil er ein steifes Knie gehabt hat, von Kind auf schon. Und so hat er an Krücken sich durch die Welt schleppen müssen, mühsam genug.

Wie hat er uns Kindern Leid getan! – und der Großmutter Dora auch. Ein gesprungener Krug, eine Schüssel mit einem herausgebrochenen Stück: noch jedes Mal hat sich etwas gefunden bei ihr, was er einrasteln konnte. Dies tat er bei schönem Wetter im Freien, bei schlechtem im Hausgang. Er hockte auf einem niedrigen Schemel, zur Rechten die Werkzeugkiste und eine der beiden Krücken, zur Linken die andere und die Drahtrollen. Sprünge wurden verkittet, herausgebrochene Stücke sorgfältig wieder eingepasst. Danach flocht er flink und geschickt um die Schüssel oder den Krug mit Zange und Draht ein gitterförmiges Netz herum, bis es sich eng um die Außenwand des Gefäßes herumspannte und es fest zusammenhielt. Solche eingerastelten Krüge, Schüsseln und Tontöpfe hielten dann meist für die halbe Ewigkeit. Wir fragten uns manchmal, ob es nicht klüger wäre, wenn man sie gleich zu Anfang einrasteln ließe, bevor man sie überhaupt in Gebrauch nahm.

Ohne ihm einen Heller abzuhandeln, bezahlte die Großmutter Dora dem armen Rastlbinder, was er für seine Arbeit verlangte. Jedes Mal kaufte sie ihm einen Seiher oder ein Sieb ab, manchmal auch einen Schneebesen. Überdies hatte sie stets einen Topf mit Erbsensuppe für ihn, ein paar aufgebratene Knödel oder ein Restel Erdäpfelfleisch vom gestrigen Mittag.

»Denn«, sagte sie, »solch einen armen Menschen darf man nicht ungespeist von der Schwelle lassen. Wir haben's ja, Gott sei Dank, nicht so knapp.«

Er möchte ja, hat uns der arme Rastlbinder einmal verraten, viel lieber ein Bärenführer geworden sein. Wenn er das

steife Bein nicht hätte, da hätte er längst einen jungen Bären sich eingefangen, daheim in der Hohen Tatra, den hätte er abgerichtet und wäre mit ihm durch die Welt gezogen, landauf und landab. Das wäre ein Leben nach seinem Geschmack gewesen, viel schöner als Rastlbinden. No ja, aber mit dem Knie und den Krücken, da wird sich wohl nix mehr ändern, mit denen wird er halt alt werden müssen.

Das haben wir leider auch befürchtet, wir und die Großmutter Dora. Denn niemand hat wissen können, was eines Tages sich noch ereignen würde mit ihm – genauer gesagt, eines Nachts im Winter.

Die Wintermonate hat unser Rastlbinder immer in Kriesdorf verbracht, beim Neumannbauer auf dessen Hof. Gehaust hat er auf dem Heuboden überm Kuhstall, da hat er's hübsch warm und hübsch weich gehabt in den kalten Wintersnächten. Und tagsüber hat er beim Neumann sich nützlich gemacht, mit Holzhacken und mit Korbflechten, je nachdem. Auch Besen hat er gebunden und hölzerne Löffel geschnitzt. Und selbstverständlich hat er auch Mausefallen geflochten aus Draht. Und Siebe und Seiher und Vogelkäfige in verschiedenen Größen. Damit hat er sich das Quartier und das Essen verdient und beide, er und der Neumannbauer, sind es zufrieden gewesen.

Auch über Weihnachten ist er in Kriesdorf geblieben, der Rastlbinder. Und jedes Jahr in der Weihnachtsnacht ist der Neumannbauer mit seiner Frau und den Hausleuten in die Kriesdorfer Kirche gegangen, zur Christmette. Weil sie jedoch am unteren Ende des Ortes gewohnt haben, ist das dem armen Rastlbinder zu weit gewesen. Am Heiligen Abend hat er es deshalb vorgezogen, sich immer rechtzeitig auf dem Heuboden zu verkriechen – denn leidgesehen hat er sich schon an den Neumann'schen, wenn sie mit ihren Laternen und Lichtern davongezogen sind, in die Nacht hinaus. Und so hat er an jedem Heiligen Abend sich ausgemalt, vor dem Einschlafen, wie es sein möchte, wenn er das steife Knie nicht hätte und keine Krücken brauchte. Auch diesmal ist es das alte Lied gewesen.

Wie er nun aber schon eine Weile so in Gedanken daliegt im Heu, die Schlafdecke bis zur Nase heraufgezogen, und wie er sich vorstellt, er könnte zur Christmette mitgehen wie die anderen auch – da geschieht etwas Seltsames.

Nämlich mit einem Mal wird es hell auf dem Heuboden, anders hell als am Tage und anders hell als von Kerzenlichtern. Eher kommt es dem armen Rastlbinder so vor, als sei es die Luft um ihn her, die auf einmal zu leuchten begonnen hatte, von innen heraus. Und wie er verwundert aufblickt – was sieht er, der Rastlbinder? Er sieht, wie das Leuchten sich rasch verdichtet, bis es vor seinen Augen Gestalt annimmt. Die Gestalt eines Engels.

»Fürchte dich nicht«, sagt der Engel zu ihm, und zwar auf Slowakisch. »Ich bringe dir frohe Botschaft. Steh auf, zieh dich an, nimm die Krücken – und auf dann, nach Bethlehem, Rastlbinder! Dort wirst du das Kindlein finden in einer Krippe, welches ist Christus der Herr, dessen Name gelobt sei in Ewigkeit.«

Der Rastlbinder ist überhaupt nicht erschrocken gewesen, höchst seltsamerweise. Er hat sich bekreuzigt und Amen gesagt, wie sich das gehört. Und dann hat er sich bei dem Engel bedankt für die frohe Botschaft. Aber in Bethlehem, fügt er zaghaft hinzu, in Bethlehem ist er noch nie gewesen, ob nicht der Engel vielleicht ihn hinführen könnte?

Nein, hat der Engel dem Rastlbinder geantwortet, hinführen kann er ihn leider nicht, er muss nämlich ein paar anderen Leuten auch noch die Nachricht bringen, dass sie in dieser hochheiligen Nacht sich einfinden möchten beim Stall mit der Krippe. Aber es soll nur der arme Rastlbinder immer dem Stern von Bethlehem folgen, der draußen am Himmel leuchtet, dann wird er den Weg schon finden.

Wie er das kaum gesagt hat, der Engel, da hat er sich rasch in Luft verflüchtigt – und schon ist es wieder dunkel gewesen auf Neumanns Heuboden wie zuvor.

No, unser Rastlbinder. Er hat also rasch die Kleider und Schuhe sich angezogen und hat seine dicke wollene Mütze sich aufgesetzt. Dann ist er hinuntergestiegen vom Heuboden, leise, damit er die Kälber und Kühe nicht aufweckt im Kuhstall. Draußen ist es ganz hell gewesen am nächtlichen Himmel, namentlich in der Richtung auf Oschitz zu. Und mittendrin in dem himmlischen Glanz hat ein einzelner Stern geleuchtet, dem hat man's gleich angesehen, dass er kein Stern unter anderen Sternen gewesen ist, sondern der Weihnachtsstern.

Da ist er nun losgehumpelt an seinen Krücken, der arme slowakische Rastlbinder, immer dem Stern nach. Und wie er dann in den nächsten Wald kommt, die Bäume sind tief verschneit gewesen, da hört er nicht etwa den Frost knacken im Geäst – nein, es sind Nachtigallen gewesen! Sie haben geschlagen im Winterwald, voller Inbrunst, als möchte es mitten im Mai und nicht im Dezember sein. Der Rastlbinder indessen hat sich nicht weiter darüber verwundert gezeigt, er hat lediglich seine Freude daran gehabt.

Der Weg ist ihm gar nicht lang geworden an seinen Krücken. Und dann, wie er auf der andern Seite des Waldes ins Freie hinauskommt, da mischt in das Lied der Nachtigallen sich Orgelklang und Posaunenschall. Nun hat er gewusst, dass es nicht mehr weit sein kann bis nach Bethlehem. Und richtig sind bald schon die ersten Häuser und Scheunen des Ortes zu sehen gewesen, aber er hat sie kaum wahrgenommen. Nämlich sein ganzes Augenmerk hat von jetzt an dem Stall mit der Krippe gegolten.

Dass es der richtige Stall gewesen ist, hat der Rastlbinder sofort gemerkt, der Stern von Bethlehem hat ja genau darüber gestanden. Und auf dem Giebel droben, in all der Kälte und all dem Schnee, haben kleine Engel gesessen, ein ganzer Schwarm. Wie die Stare im Herbst, bevor sie nach Süden ziehen, so hatten die kleinen Engel sich da versammelt und haben gesungen. Erde und Himmelszelt sind erfüllt gewesen davon. Und wenn der Gesang der Engel von fern schon sich angehört hat wie Nachtigallen mit Orgelklang und Posaunenschall, so wird man sich vorstellen können, wie über alle Beschreibung herrlich und schön er aus nächster Nähe geklungen hat – strahlend wie Gold und Silber und Edelsteine.

Auf dem Platz vor dem Stall von Bethlehem haben viele Leute gestanden, hundert vielleicht oder zweihundert, und es sind ständig welche hinzugekommen, Bauern und Bürger, Handwerker und Geschäftsleute. Schweigend haben sie dagestanden und haben voll Ehrfurcht hineingeschaut durch das weit geöffnete Tor: zum lieben Jesulein in der Krippe, zur Muttergottes und zum heiligen Josef. Sie haben den Ochsen gesehn und den Esel, wie sie mit ihrem Atem das himmlische Kind gewärmt haben und liebkost. Und alles ist hell erleuchtet gewesen, nicht nur im Stall von Bethlehem, sondern auch auf dem Platz davor, wo die vielen Leute standen. So hat man sie alle genau erkennen können, Arme und

Reiche, Junge und Alte, die Vornehmen und die Geringen nebeneinander.

Seine Gnaden, der Graf von Waldstein auf Wartenberg mit den gnädigen Fräulein Töchtern und Herren Neffen hat ebenso in der Menge gestanden wie, beispielsweise, der Breuer-Tonl aus Schimsdorf, ein alter tattriger Häuselmann, der schon nicht mehr ganz richtig im Kopfe gewesen ist. Auch der Neumannbauer hat dagestanden mit seiner Frau. Die sind also gar nicht in Kriesdorf zur Mette gewesen, sondern es muss unterwegs ein Engel sie gleichfalls zur Krippe gerufen haben – möglicherweise deshalb, weil sie ein Herz hatten für die armen Leute, etwa für einen gewissen slowakischen Rastlbinder.

Ein paar größere von den kleinen Engeln sind hin und her

gehuscht auf dem Vorplatz und haben die Leute einzeln zur Krippe gerufen, damit sie dem lieben Jesulein ihre Aufwartung machen konnten. Und andere Engel haben darauf geachtet, dass niemand sich allzu lange verweilt hat im Stall, denn schließlich mussten die vielen Menschen ja alle drankommen.

Zwischendurch hat es einmal ein großes Trara gegeben. Nämlich da ist, mit Peitschenknall und Trompetenschall, die Freiwillige Feuerwehr von Christophsgrund angerasselt gekommen, sechsspännig, auf dem neuen Löschwagen. Vorne beim Kutscher hat links der Trompeter gesessen und rechts der Herr Feuerwehrkommandant Prokop, den hat man an seinem roten Kragen sogleich erkannt. Und hinten, zu beiden Seiten der Feuerspritze, da saßen jeweils drei Feuerwehrleute nebeneinander, und zwar in Habtachtstellung.

Auf der Kriesdorfer Landstraße kamen sie angeprescht, zur Krippe gerufen von einem Engel. Nämlich das liebe Jesulein hat sie segnen wollen, die braven Männer, weil sie vor ein paar Wochen, wie damals die Mühle niedergebrannt ist am Eckersbach, die drei Müllerskinder herausgeholt hatten aus dem lichterloh brennenden Hause, sonst möchten sie jämmerlich umgekommen sein in den Flammen. Und nicht nur die Müllerskinder haben sie damals gerettet, sie haben auch noch die beiden Kühe hinausgejagt aus dem Stall und den Esel und eine der beiden Ziegen (die andere hatte sich losgerissen und war von allein ins Freie hinausgerannt). Zwei von den Feuerwehrleuten hatten sich damals Brandwunden zugezogen bei ihrem Rettungswerk, teils im Gesicht und teils an den Händen. Und dem Herrn Kommandanten Prokop, wie er auf seinen Armen das jüngste der Müllerskinder hinausgetragen hat aus dem Feuer, und hinter ihm sind die brennenden Balken nur so heruntergekracht: dem Herrn Feuerwehrkommandanten hat es sogar die linke Hälfte vom Schnurrbart weggesengt, und so hat er am nächsten Morgen den Rasierer kommen und sich die andere Hälfte auch noch abschaben lassen müssen, obgleich doch der Schnurrbart sein ganzer Stolz gewesen ist.

Der Löschwagen mit den Feuerwehrleuten aus Christophsgrund kommt also angerasselt im vollen Galopp. Doch plötzlich, wie sie den Rand des Platzes erreicht haben, bleiben die Pferde stehen wie angewurzelt. Der Trompeter setzt die Trompete ab, der Kutscher lässt die Peitsche sinken. Und der Herr Kommandant Prokop, der hätte nun eigentlich kommandieren wollen mit lauter, schneidiger Stimme: »Feuerweeehr Christophsgrund – abgesessen! Rrrechtsum – zur Krippe marsch!« Aber er hat das Kommando dann lieber doch nicht gegeben, weil er gemerkt hat, dass sich das hier nicht passt. Und so hat er den Feuerwehrleuten lediglich einen Wink mit der Hand erteilt und nun sind sie ganz leise vom Wagen heruntergestiegen. Und keineswegs sind sie strammen Schrittes zur Krippe hinmarschiert und keineswegs hat der Trompeter dazu den Feuerwehrmarsch geschmettert, wie der Herr Kommandant Prokop sich das gedacht hatte, sondern sie haben hübsch still und bescheiden sich hinten angestellt in der Menge und haben dort brav gewartet wie alle andern.

Schon sind der Neumannbauer und seine Frau an der Reihe gewesen und bald danach Seine gräfliche Gnaden, der Herr von Waldstein auf Wartenberg, gefolgt von den Fräulein Töchtern und Herren Neffen. Alle haben sie vor dem lieben Jesulein in der Krippe das Knie gebeugt. Selbst der Breuer-Tonl hat unter großer Mühsal sich hingekniet und beim Aufstehen hat ihm der heilige Josef helfen müssen, von selber hätte das alte Klappermannl es nicht mehr geschafft.

Knie. Und kniend verharrt er in Anbetung vor dem Kind in der Krippe, bis einer der Engel ihn auffordert, dass er nun, bitt schön, Platz machen möchte, nämlich es wollen ja andere Leute auch noch herein in den Stall von Bethlehem, um vor dem lieben Jesulein ihren Kniefall zu tun.

Dem Rastlbinder leuchtet das ein. »Entschuldigung«, sagt er bescheiden, steht auf und geht aus dem Stall hinaus – und da merkt er zu seiner freudigen Überraschung: Es geht sich von ganz allein jetzt, er braucht keine Krücken mehr! Keine Krücken mehr? Es vergeht eine ganze Weile, bis er das Wunder fassen, bis er begreifen kann, dass er zwei Krücken zu viel hat.

Dann aber gibt es für ihn bloß noch einen Wunsch, einen einzigen. Er möchte dem lieben Jesulein dafür danken, dass er mit seiner gnädigen Hilfe endlich geheilt ist von seinem Leiden. Und dankbar stellt er noch einmal sich hinten an bei den Leuten, die zu der Krippe drängen. Als Allerletzter von allen stellt er sich an, noch hinter den Feuerwehrleuten aus Christophsgrund.

Geduldig wartet er dort, unser Rastlbinder, bis er das zweite Mal an die Reihe kommt, nach dem Herrn Feuerwehrkommandanten Prokop und seinen Männern. Während sie, einer nach dem andern, das Knie beugen vor dem lieben Jesulein, darf der Trompeter nun doch noch trompeten, wenngleich nicht gerade den Feuerwehrmarsch, sondern er schmettert aus voller Lunge »Freut euch, Erd und Himmelszelt!«– und er trompetet so schön und ergreifend, dass alle Leute feuchte Augen davon bekommen. Selbst dem

Herrn Feuerwehrkommandanten Prokop sind ein paar Tränen in den Schnurrbart gerollt, der ihm inzwischen schon wieder nachgewachsen war, glücklicherweise.

Wie dann auch schließlich der Rastlbinder zum zweiten Mal an der Reihe gewesen ist und die Engel ihn abermals vorlassen zu der Krippe, da ist er tatsächlich der Letzte gewesen von all den Menschen, die sich versammelt hatten in Bethlehem vor dem Stall. Das liebe Jesulein, denkt er sich, wird wohl schon langsam müde geworden sein, es wird endlich schlafen wollen. Deshalb nimmt er sich vor, seine Sache so kurz wie möglich zu machen.

Er eilt in den Stall, unser Rastlbinder, und tut seinen zweiten Kniefall in dieser Nacht. Kricks-kracks bricht er überm linken Knie seine Krücken entzwei und legt sie dem himmlischen Kind zu Füßen, mit einem »Dank schön, du lieber Heiland mein – dank schön in alle Ewigkeit!«

Das ist alles gewesen. Danach ist er wieder aufgestanden, hat »Gott befohlen!« gesagt, ist nach Kriesdorf zurückgekehrt, hat sich beim Neumannbauer seine Sachen abgeholt und ist fröhlichen Schrittes davongewandert – heimzu, wie er beim Abschied gesagt hat, zurück in sein fernes slowakisches Heimatdorf. Und wer weiß, vielleicht hat er doch noch daheim in der Hohen Tatra sich einen jungen Bären gefangen, mit dem er dann durch die Welt gezogen ist, wie er sich's immer gewünscht hat: ohne zu humpeln und ohne Krücken, landauf und landab.

Über die Felder – und dann nach links

Die Geschichte vom Bäckerferdl und seinem Hickl sowie von der Pomeranze und ihrem Duft und von mancherlei Leuten, denen der Ferdl begegnet ist, damals in jener Nacht.

Beim Biegelbäcken in Reichenberg haben sie damals einen Lehrjungen gehabt, der hat Ferdinand Elger geheißen. Der Elger Ferdl ist eher schmächtig gewesen und nicht sehr groß, aber – so hat die Biegelbäckin gemeint – das wäre der erste Bäckerjunge in ihrem Haus, der ihr klein und dürr bleiben würde. An guter und kräftiger Kost hat der Ferdl tatsächlich keinen Mangel gelitten beim Biegelbäcken, dafür umso mehr am Schlaf. Wie alle Bäckerjungen hat er an jedem Morgen schon um halb drei herausmüssen aus dem Bett, und dann hat er den Backofen einheizen und in der Backstube dafür sorgen müssen, dass alles parat gewesen ist, wenn um halb vier der Meister und die Gesellen herzukamen und mit der Arbeit anfingen. Ab halb sieben hat dann der Ferdl die frischen Semmeln austragen müssen, die hat er in Leinwandbeuteln der Kundschaft abgezählt an die Türen gehängt. Das musste natürlich schnell gehen, weil die Leute ihr Frühstück brauchten. Auch tagsüber ist er ständig beschäftigt gewesen, der Bäckerferdl, und müde zum Umfallen war er außerdem. Immerzu hat er gähnen müssen und sich die Augen gerieben. Und manchmal, wenn sie bei Tisch saßen, fehlte nicht viel, dann wäre er ihnen mitten über dem Essen eingeschlafen. So wird man verstehen können, dass sich der Ferdl die ganze

Woche lang auf den Sonntag gefreut hat. Nämlich am Sonntag, da hat er dann endlich ausschlafen dürfen bis in der Früh um acht, und an Feiertagen natürlich auch.

In den Wochen vor Weihnachten hatten sie immer besonders viel Arbeit beim Biegelbäcken. Da mussten sie nicht nur das Brot und die Semmeln backen, nicht nur die üblichen Salzstangeln, Kipfeln und Butterhörndln, sondern auch Weihnachtsstriezel, Christbrot, Pfefferkuchen und ganze Bleche voll Kleingebäck für die Feiertage, wie Haselnussplätzchen und Jägerschnitten, Vanillekipfeln und Zimtsterne, Zuckerkringel und Mandelbögen und alles, was sonst noch auf einem Weihnachtsteller nicht fehlen darf.

Nicht genug damit! Die Hausfrauen aus der Nachbarschaft schickten in diesen Tagen auch ihre Christbrote, Striezel und Stollen zum Biegelbäcken und ließen sie dort herausbacken. Die rohen Laibe und Zöpfe lagen auf langen Backbrettern hintereinander. Dann wurden sie auf den Backbrettern in den Backofen geschoben. Und waren sie fertig, dann musste der Ferdl sie wieder zurücktragen in die Häuser. Da hieß es aufpassen, dass er nicht ausrutschte unterwegs, sonst hätte er Ärger bekommen.

Meistens bekam er jedoch ein kleines Botengeld, zwei, drei Heller vielleicht, von der Hausfrau. Oder das Dienstmädel steckte ihm ein paar Nüsse zu, einen Apfel, eine Hand voll getrockneter Pflaumen, manchmal auch Hutzelbirnen, nämlich aus Süßigkeiten macht sich ein Bäckerjunge begreiflicherweise nicht viel. Und einmal, das ist vor zwei Tagen gewesen, da hat er von der Frau Steueroberverwalter Kilian in der Herrengasse sogar eine richtige Pomeranze geschenkt bekommen, der Ferdl. Die Pomeranze duftet so herrlich, dass man sie nur mit geschlossenen Augen beschnuppern kann.

Alles, was er im Lauf der letzten Tage und Wochen bekommen hatte, das Botengeld und die Nüsse, die Äpfel, die Pflaumen und Hutzelbirnen, hat sich der Ferdl aufgespart für die Feiertage. Er hat sich zu diesem Zweck bei der Biegelbäckin eins von den blau und weiß karierten Geschirrtüchern ausgeliehen, das hat er an den vier Zipfeln zu einem kleinen Bündel zusammengeknüpft, in Reichenberg nannte man das ein Hickl. Das Hickl lag auf dem Schemel neben dem Bett vom Ferdl, da schob er nun alles hinein, was er so geschenkt bekam. Bis auf die Pomeranze übrigens. Nämlich die Pomeranze legte er tagsüber unter sein Kopfpolster: nicht etwa, um sie vor jemandem zu verbergen, sondern es freute ihn, dass das Polster allmählich anfing, danach zu duften.

Am Heiligen Abend, als endlich der letzte Handgriff getan und das Nachtmahl verzehrt war, verkroch sich der Elger Ferdl sogleich ins Bett. Beschert wurde damals in Reichenberg erst am Morgen des ersten Weihnachtstages – und dass die Bäckermeister mit ihren Gesellen und Lehrjungen nicht zur Christmette gingen, dafür hatten alle Leute Verständnis, sogar der Herr Erzdechant Hofmann, der ja auch sonst ein vernünftiger Mann war. »Tut euch ock in der Heiligen Nacht tüchtig ausschlafen«, hat er zum Biegelbäcken einmal gesagt. »Das ist mir viel lieber, als wenn ihr mir in der Kirche was vorgähnen tut, ihr habt's euch ja auch verdient.«

Der Elger Ferdl ist also am Heiligen Abend gleich nach dem Nachtmahl zu Bett gegangen, und dies in der festen Gewissheit, dass er bis morgen durchschlafen können wird. Und vom ersten Feiertag auf den zweiten auch. Das Kopfpolster hat schon ganz stark nach der Pomeranze geduftet. Mit ihr selber hat der Ferdl noch eine Weile herumgespielt vor dem Einschlafen, aber nicht lange, denn bald schon sind ihm die Augen zugefallen vor Müdigkeit. So müde ist er gewesen, dass er am andern Morgen gewiss nicht von selber wieder erwacht wäre. Selbst der Engel, der in der Nacht an sein Bett kam, um ihn zu wecken, hat seine liebe Mühe mit ihm gehabt. Er hat ihn ein paar Mal beim Namen gerufen, er hat ihm die Hand auf die Schulter gelegt. Dann hat er versucht ihm die Bettdecke wegzuziehen – alles umsonst. Bis er zu guter Letzt nach der Pomeranze gegriffen hat. Jetzt erst, mit einem Mal, reißt der Ferdl die Augen auf und fährt hoch.

»Keine Angst«, sagt der Engel. »Ich will dir ja gar nix wegnehmen, Ferdl. Ich hab dich nur irgendwie wachkriegen müssen, verstehst du.«

Zunächst hat er überhaupt nichts verstanden, der Ferdl. War denn morgen nicht Weihnachten? Musste er in der Heiligen Nacht etwa doch in die Backstube?

»In die Backstube nicht«, hat der Engel gesagt. »Aber nach Bethlehem sollst du kommen, zur Krippe im Stall.«

»Ja so?«, hat der Ferdl gemeint und reibt sich den Schlaf aus den Augen. »Nach Bethlehem, sagst du? Das ist was anderes.«

Er muss noch ein paar Mal gähnen, bevor er sich richtig errappelt hat. Der Engel wird langsam ungeduldig. »Jetzt aber los!«, drängt er. »Ich hab ohnehin viel zu viel Zeit vertrödelt mit dir! Den Weg wirst du hoffentlich kennen.«

»Den Weg nach Bethlehem?«, hat der Ferdl gesagt. »No was denn!«

Er hatte sich niemals darüber Gedanken gemacht, wo Bethlehem liegen könnte, und niemand hat es ihm je beschrieben. Trotzdem hat er genau gewusst, wie er gehen musste, nämlich hinaus nach Ruppersdorf und dann weiter über die Felder, ein wenig nach links hinüber, dann konnte es nicht mehr weit sein. Übrigens hat er sich gar nicht darüber gewundert, woher er das plötzlich wusste, es ist auch nicht wichtig gewesen. Wichtig war nur, dass er keine Zeit mehr verlieren durfte. Eins, zwei war er auf den Beinen und zog sich an.

»Es ist kalt draußen«, sagte der Engel. »Du solltest die Wolljacke drunterziehen. Und noch eins! Alle Leute, denen du unterwegs begegnest, darfst du nach Bethlehem mitnehmen. Gott befohlen – du weißt ja, ich bin in Eile.«

Im nächsten Augenblick war der Engel verschwunden. Ob durch die Tür, ob durchs Fenster, der Ferdl hat es nicht sehen können, nämlich das ist sehr schnell gegangen. Er selber hat es jetzt auch mit der Eile bekommen. Rasch war er angezogen, dann ist ihm gerade noch eingefallen, dass man nach Bethlehem nicht mit leeren Händen geht.

Zum Glück hat er ja das Hickl, das wird er mitnehmen. Für die Äpfel, die Nüsse, das Botengeld und die Hutzelbirnen werden sie schon Verwendung haben, die heiligen Leute im Stall. Und was war mit der Pomeranze? Die hätte er eigentlich gern für sich selber behalten, der Ferdl. Aber dann sagt er sich, dass er sie lieber mitnehmen sollte. Gerade deshalb.

Der Bäckerferdl tappt durch das stille Haus. Zu den Fenstern schimmert der Schnee herein.

Die Türe zur Burschenkammer, wo die Gesellen schlafen, steht einen Spalt breit offen. Auf Zehenspitzen schleicht sich der Ferdl daran vorbei. Er hört die Gesellen schnarchen, er sieht, wie der lange Ginzel den Kopf hebt. Wo denn der

Ferdl so spät bei der Nacht noch hin will, brummt er verschlafen.

»Ich?«, sagt der Ferdl leise. »Nach Bethlehem. Willst du mitkommen, Ginzel?«

»Ach was!«, knurrt der lange Ginzel, bevor er sich umdreht und weiterschnarcht. »Lass mich gefälligst in Ruhe – oder ich schmeiß dir was nach!«

Als Elgers Ferdl dann aus dem Haus trat, hinaus auf die Kratzauer Straße, da sah er zu seinem Erstaunen, dass da und dort in den Häusern noch Licht brannte. Es konnte also nicht ganz so spät sein, wie er gedacht hatte. Umso besser! Dann würde er wenigstens nicht zu spät kommen dort.

Er bog in die Feldgasse ein und dann in die Friedländer Straße. Tausend und tausend Sterne funkelten über den Dächern der Stadt. Einer war viel, viel größer und leuchtete viel, viel heller als alle andern: der Weihnachtsstern. Wie froh war der Ferdl, dass er ihn sehen durfte. Wie gut, dass der Engel ihn aufgeweckt hatte!

Auf dem Balkon eines Hauses, ganz oben im vierten Stock, stand ein einzelner Mann, der blickte mit einem Fernrohr zum Sternenhimmel empor. Das konnte nur der Herr Fachlehrer Simon sein. Der Ferdl hatte ihn an der Bürgerschule in Deutsch und Geografie gehabt.

»Guten Abend, Herr Fachlehrer!«, rief er hinauf. »Kommen Sie mit nach Bethlehem? Sie brauchen es bloß zu sagen, ich warte hier unten auf Sie.«

Der Ferdl hat keine Antwort bekommen. Vermutlich hat der Herr Fachlehrer Simon gar nicht gehört, was der Junge

ihm zugerufen hat. Er war viel zu beschäftigt damit, den Weihnachtsstern zu beobachten. Wann bekommt man denn schon in Reichenberg solch einen prächtigen Stern vors Fernrohr?

Der Ferdl ist weitergegangen, allein wie bisher. Nun kam er an einer Fabrik vorbei, an der Tuchfabrik Neumann. Die Fabrikshallen und der Hof lagen still und verlassen da. Selbstverständlich wurde in dieser Nacht nicht gearbeitet, auch in der Tuchfabrik Neumann nicht.

Über den Hof kam ein einzelner alter Mann geschlurft, auf das vergitterte Tor zu. Er trug in der einen Hand einen Schlüsselbund, in der anderen eine Laterne. Der Ferdl kannte den Alten, es war der Herr Nachtwächter Schindler. Am Morgen, wenn er vom Dienst nach Hause ging, kaufte er immer beim Biegelbäcken drei frische Semmeln, eine davon mit Mohn.

»Guten Abend, Herr Nachtwächter!«, rief ihm der Ferdl durchs Gitter zu. »Ich bin auf dem Weg nach Bethlehem. Wenn Sie Lust haben, können Sie mitkommen.«

Der Herr Nachtwächter Schindler leuchtete mit der Laterne zu ihm herüber. »Ach, du bist das, Bäckerferdl! Und wohin gehst du so spät noch?«

»Nach Bethlehem«, wiederholte der Junge. »Möchten Sie denn nicht mitkommen? Es ist gar nicht weit …«

Der Herr Nachtwächter kam ans Tor geschlurft. »Mögen?« Er zuckte die Achseln. »Mitkommen möcht ich schon – bloß: Ich bin doch der Nachtwächter hier, verstehst du. Da kann ich nicht einfach weg. Auch nach Bethlehem nicht.

Aber weißt du was? Du könntest dort einen schönen Gruß von mir ausrichten, ja?«

»Natürlich, Herr Nachtwächter«, sagte der Elger Ferdl. »Den Gruß werd ich gern bestellen in Bethlehem.«

Der Herr Nachtwächter Schindler hat seinen Rundgang fortgesetzt und der Ferdl ist weitergegangen, allein wie bisher. Als er gerade den Leipziger Platz überquerte, kam ihm ein junger Mensch entgegen mit hochgeschlagenem Mantelkragen: ein Eisenbahner, der Mütze nach. Er trug eine Aktentasche unter dem linken Arm, aus der eine Thermosflasche herausschaute.

»Guten Abend, Herr Eisenbahner«, sagte der Ferdl und fragte ihn, ob er nicht mitkommen möchte nach Bethlehem zu der Krippe. Der Engel, der ihn geweckt hatte, habe zu ihm gesagt: Alle Leute, denen er unterwegs begegne, dürfe er mitnehmen.

Aber der junge Eisenbahner hat leider auch nicht mitkommen können nach Bethlehem, nämlich er hat zum Bahnhof müssen, zum Spätdienst. Selbst in der Heiligen Nacht sind ja Züge gefahren, nach Prag und nach Görlitz, nach Gablonz, nach Zittau, nach Tetschen-Bodenbach. »Ja, so ist das halt«, sagte der junge Eisenbahner zum Ferdl. »Und deshalb muss ich im Stellwerk meinen Kollegen ablösen. Wenn ich rechtzeitig dort sein will, muss ich schnell machen.«

Der Ferdl ist weitergegangen, allein wie bisher. Von allen Leuten, die ihm begegnet sind, hat niemand nach Bethlehem mitkommen können. Der Herr Hofrat von Ehrlich hat seinen Dackel Waldi noch rasch bis zur nächsten Straßenlaterne geführt und ist ebenso rasch wieder heimgegangen, nämlich zu Hause hat ihn schon die Frau Hofrat mit einem Glas Punsch erwartet. Der Herr Doktor Stransky hat dringend nach Paulsdorf müssen, zur Bienert Hanni, die eine Blinddarmentzündung bekommen hatte. Der Wachsoldat am Tor der Kaserne hat seinen Posten ohnehin nicht verlassen dürfen. Und selbst der Herr Pater Buchelt hat keine Zeit gehabt, er ist in die Ursulinenkirche geeilt, zur heiligen Christmette.

Der Ferdl ging weiter, weiter und weiter, bis er an die Ruppersdorfer Felder kam, wo er dann links hinüber musste nach Bethlehem. Es war eine helle Nacht, der Schnee hat geleuchtet, die Sterne haben gefunkelt, am hellsten von allen der Weihnachtsstern. Elgers Ferdl hatte sich schon damit abgefunden, dass er allein in Bethlehem ankommen würde. Da sah er nach einer Weile zwei Leute, die in der gleichen Richtung gingen wie er. Sie schienen es nicht besonders eilig zu haben, der Ferdl hörte sie laut miteinander reden und lachen.

Als er sie fast schon eingeholt hatte, blieben sie stehen und blickten sich nach ihm um. Jetzt erkannte er, wer sie waren, nämlich der Nappl-Karl und die Klimper-Jule, zwei Bettelmusikanten aus Ratschendorf. Der Karl hatte seine Ziehharmonika umhängen, die Jule ihre Harfe. Die beiden standen nicht gerade im besten Ruf. Und hätte der Ferdl sich jemanden aussuchen dürfen als Weggefährten in dieser Stunde, dann gewiss nicht sie.

»Ne, so was, so was!«, staunte der Nappl-Karl, als er den Ferdl kommen sah. »So ein Bürschl, ein grünes – und mutterseelenallein unterwegs bei der Nacht! Wohin willste denn noch so spät?«

»Nach Bethlehem«, antwortete ihm der Ferdl. »Sie etwa nicht?«

»Nach Bethlehem?«, wiederholte der Nappl-Karl überrascht und die Jule fing an zu kichern. »Wir – und nach Bethlehem! Also, ich muss schon sagen, was Dümmeres hast du dir wohl nicht ausdenken können, wie?«

»Ich geh aber wirklich hin«, sagte der Ferdl.

»Ja, ja!«, rief der Nappl-Karl. »Ich und die Klimper-Jule, wir glauben dir das aufs Wort!«

Die beiden, man sollte es wohl erwähnen, hatten sich in der Windschänke einen lustigen Abend gemacht. Dort hatten sie ihre letzten paar Heller vertrunken, man roch es von weitem.

»Eigentlich«, meinte die Klimper-Jule, »sind wir ja auf dem Heimweg, ich und der Nappl-Karl. Aber wenn du nach Bethlehem gehst, da könnten wir eigentlich mitkommen.«

»Oder hast du uns bloß was vorgeschwindelt?«, fragte der Nappl-Karl. »Dann sag es uns lieber gleich.«

»Aber nein«, beteuerte Elgers Ferdl. »Ich hab schon die Wahrheit gesagt. Bloß – es möchte vielleicht gescheiter sein, wenn ihr trotzdem heimgeht ...«

Das wäre ihm wirklich bedeutend lieber gewesen, dem Ferdl; aber der Nappl-Karl wollte nichts davon wissen.

»Ne, ne!«, rief er eigensinnig. »Heimgehen können wir alle Tage, aber nach Bethlehem nicht! Da könntest du uns was zahlen, Jungerle – mitkommen täten wir trotzdem!«

Was zahlen? Dem Ferdl kam ein Gedanke, schließlich hatte er ja das Botengeld. »Wenn ihr heimgeht, sollt ihr es nicht umsonst tun ...« Er griff in das Hickl und holte drei Münzen hervor, die hielt er dem Nappl-Karl und der Jule hin, auf der flachen Hand.

»Dreißig Heller?« Die Klimper-Jule zog einen Flunsch. »Dafür gibt's in der Windschänke nicht einmal eine halbe Flasche vom Billigsten.«

»Schön«, sagte Elgers Ferdl. »Ich gebe euch alles Geld, das ich habe. Aber ihr dürft nicht mitkommen, das versprecht ihr mir – ja?«

»Immer hübsch langsam«, meinte der Nappl-Karl. »Erst mal herzeigen, was du zu bieten hast!«

Der Ferdl holte die restlichen Münzen heraus. Alles in allem kam er auf eine Krone und siebenundachtzig Heller.

»No ja.« Die Jule kratzte sich im Genick. »Darüber möcht sich schon reden lassen mit mir. Was sagst denn du dazu, Nappl-Karl?«

»Ich?« Der Nappl-Karl ließ sich Zeit. Er schnäuzte sich mit zwei Fingern die Nase, dann wischte er sie am Ärmel ab. »Wenn du mich fragst, Jule, dann sag ich: Das möchte zur Not wohl gerade für einen reichen von uns, aber nicht für zwei. Lass doch mal sehen, Jungerle, was du sonst noch im Hickl hast!«

»Äpfel«, sagte der Ferdl. »Getrocknete Pflaumen und Hutzelbirnen.«

»Und weiter nischt?«

»Eine Pomeranze noch«, sagte der Ferdl.

»Ach ne! Eine richtige Pomeranze?«

Der Nappl-Karl streckte die Hand aus und ehe der Junge ihn daran hindern konnte, hatte er ihm das Hickl schon aus der Hand genommen. »Die muss ich mir anschaun!« Er holte die Pomeranze heraus und beschnupperte sie von allen Seiten. »Nicht schlecht riecht die, gar nicht schlecht! So was Feines, Jule, hast du noch nie zu riechen gekriegt!«

Auch die Klimper-Jule musste nun an der Pomeranze schnuppern. »Weißt du, wonach die riecht?«, rief sie und verdrehte die Augen dabei. »Die riecht ja … No ja, ich möcht sprechen, die riecht, wie ich immer gedacht hab, dass Pomeranzen so riechen müssten … Ob die wohl auch so schmeckt?«

»Das wird sich gleich zeigen«, sagte der Nappl-Karl.

Der Ferdl sah, wie er mit dem Daumennagel die Schale der Pomeranze einritzte. »Lass das!«, rief er erschrocken. »Das darfst du nicht machen, Nappl-Karl!«

Doch der Nappl-Karl ließ sich nicht stören, er schälte die Pomeranze ganz einfach ab. Dann gab er der Klimper-Jule davon zu kosten.

»Was ist, magst du auch ein Stück?«, fragte er Elgers Ferdl. »Nein? No, dann eben nicht. Wer nicht mag, der hat schon.«

Dem Ferdl war es, als hätte er eins vor den Kopf bekommen. Er konnte den Karl und die Jule nicht davon abhalten, dass sie die Pomeranze aufaßen, Stück für Stück. Als sie fertig waren und sich die Lippen ableckten, fand er die Sprache wieder.

»Na gut, mir soll's recht sein«, meinte er. »Aber nun lasst mich allein nach Bethlehem gehen, so war's ja ausgemacht.«

»Ausgemacht?«, widersprach ihm der Nappl-Karl. »Gar nischt war ausgemacht, Jungerle. Nimm du dein Hickl zurück mit allem, was drin ist – ich und die Klimper-Jule, wir beide kommen natürlich mit.«

Ja, und nun gingen sie also nach Bethlehem. Der Elger Ferdl mit seinem Hickl ging vorneweg und der Karl und die Jule folgten ihm nach, dagegen ließ sich nun mal nichts machen.

Beim Stall mit der Krippe wartete schon der Engel auf sie, der den Ferdl geweckt hatte, und begrüßte ihn. »Dass du nur endlich da bist, Ferdl! Wen hast uns denn da mitgebracht?«

»Sei mir nicht böse«, druckste der Ferdl herum. »Ich hab

sie nicht loswerden können, die beiden. Was hätt ich dagegen tun sollen?«

»Gar nix«, gab ihm der Engel zur Antwort. »Das hab ich extra so eingerichtet.«

»Du?«

»Aber ja.« Der Engel nickte dem Ferdl zu. »Du musst wissen, auch sie sind uns hier willkommen, in Bethlehem. Der heilige Josef wird sie sich ins Gebet nehmen, der versteht sich darauf. Und ich denk mir, er wird ihnen einiges sagen, den beiden, was ihnen einmal gesagt sein muss. Doch nun komm, es ist spät geworden, du hast einen weiten Weg hinter dir.«

Damit legte der Engel dem Bäckerjungen die Fittiche um die Schultern und führte ihn zu der Krippe, vorbei an den vielen Leuten, die vor dem Stall versammelt waren. Der Ferdl vergaß den Nappl-Karl und die Klimper-Jule beim Anblick des lieben Jesuleins und der Muttergottes. Es wurde ihm leicht und frei ums Herz, als er niederkniete und ihnen das Hickl reichte. Das Hickl mit allem, was noch darin war. Die Muttergottes knüpfte es auf und warf einen Blick hinein.

»Gott segne dir's!«, sagte sie. »Nimm auch du eine kleine Gabe, mein lieber Junge – zum Dank für alles, was du uns da gebracht hast.«

Das liebe Jesulein hob eine Pomeranze empor. Groß und duftend und goldfarben, noch viel schöner und größer als die der Frau Steueroberverwalter Kilian aus der Herrengasse.

»Soll die etwa für mich sein?«, staunte der Bäckerferdl.

»Nimm sie nur«, sagte die Muttergottes. »Sie und die beiden andern auch.«

Drei Pomeranzen! Der Ferdl konnte es gar nicht fassen, dass er so reich beschenkt sein sollte. Plötzlich war er ganz müde vor Glück. Gerade noch fiel ihm ein, dass er ja einen Gruß zu bestellen hatte, den Gruß vom Herrn Nachtwächter Schindler.

»Dank dir schön«, sagte die Muttergottes. »Dank dir schön, guter Junge.«

Dann fielen dem Ferdl die Augen zu. Die späte Stunde, der weite Weg: Das war mehr, als ein Bäckerjunge vertragen konnte.

Wie er zurückgekommen ist in sein Bett beim Biegelbäcken in Reichenberg in der Kratzauer Straße: der Ferdl hat es sich nicht erklären können. Am anderen Morgen, dem Morgen des Weihnachtstages, musste die Bäckin ihn wecken. Es hat eine ganze Weile gedauert, bis er die Augen aufschlug und wieder wusste, dass er in seinem Bett lag.

»No, Ferdl«, sagte die Biegelbäckin. »Was hast du denn – willst du nicht endlich aufwachen? Frohe Weihnachten.«

»Frohe Weihnachten!«

Elgers Ferdl rieb sich den Schlaf aus den Augen. Neben ihm, auf dem Kopfpolster, lagen drei Pomeranzen.

»Die hat dir das Christkind gebracht.«

»Das Christkind?«

»Das Christkind«, sagte die Biegelbäckin.

Drei Pomeranzen!

Der Ferdl hat sie beim Frühstück mit den Gesellen geteilt, jeder hat davon abbekommen. Aber die Schalen – die Schalen hat Elgers Ferdl sich aufgehoben. Er hat sie in einen der Leinwandbeutel getan, in denen er sonst die Semmeln austragen musste, am frühen Morgen. Unter das Kopfpolster hat er sie sich gelegt und noch lange hat es ihm nach getrockneten Pomeranzenschalen entgegengeduftet, wenn er am frühen Abend ins Bett gefallen ist – müde, wie nur ein Bäckerjunge ins Bett fallen kann.

Glatte Rechnung

*Die Geschichte von Pietschfranzens Gusta,
vom Würstlmann, von der Hütter-Karline und
vom Geschäftsneid sowie von der fremden Frau und
dem kleinen Schaf mit dem dunklen Fleck.*

Im Vorhof der Wallfahrtskirche Maria Haindorf zu Füßen des böhmischen Isergebirges haben damals zwei Reihen von Buden gestanden, in denen es alles zu kaufen gab, was Wallfahrer brauchen können, vom einfachen Butterbrot über heiße Krenwürstl bis zum Türkischen Honig.

Auch Andenken aller Art hat es dort gegeben, Rosenkränze in sämtlichen Größen und Preislagen, Gebets- und Erbauungsbücher, Andachtsbilder und andere Gegenstände frommen Gebrauchs.

Besonders häufig ist natürlich die Mater Formosa, die Holdselig Lächelnde Muttergottes von Haindorf, in den Verkaufsbuden vorzufinden gewesen, in Wasserfarben oder in Öl gemalt, auf einfachen Holzschnitten, im Vierfarbendruck und auf Postkarten mit der schwungvollen Aufschrift »Gruß aus Maria Haindorf«.

Außerdem hat man die Muttergottes auch als Figürchen erwerben können: in Holz und in Gips, aus Wachs oder Porzellan. Wie das Gnadenbild in der Kirche sind auch dessen Abbilder von einem weiten, glockenförmig gebauschten Mantel umhüllt gewesen, von goldenen Borten gesäumt und mit Perlen und Edelsteinen besetzt. Nur dass der Mantel des Gnadenbildes auf dem Altar der Wallfahrtskirche mit echten

Perlen und Edelsteinen besetzt war, nicht nur mit Perlen und Edelsteinen aus Gablonzer Glas.

In ihrer Verkaufsbude hat die Frau Witwe Augusta Pietsch – Pietschfranzen seligs Gusta, wie sie nach ihrem verstorbenen Mann genannt wurde – den Wallfahrern neuerdings sogar eine Haindorfer Muttergottes angeboten, die sich im Inneren einer Glaskugel befunden hat. Und wenn man die Kugel einmal herumdreht und wieder hinstellt, so fängt es drinnen in feinen Flocken aus Gold und Silber zu schneien an, als schwebe der Segen des Himmels sichtbarlich auf die Muttergottes hernieder.

Die Verkaufsbude hatte Pietschfranzens Gusta von ihrem dahingeschiedenen Mann geerbt, es ist nun schon etliche Jahre her, dass er unter dem Rasen liegt. Sie selber ist Anfang

siebzig gewesen damals, aber noch immer hat sie die Bude nicht aufgeben wollen, der Mensch muss ja schließlich zu etwas da sein, nicht wahr. Natürlich ist sie vom Rheumatismus geplagt gewesen, zeitweilig jedenfalls, und auch sonst haben sich gewisse Beschwernisse nicht gerade verringert von Jahr zu Jahr. Trotzdem hat Pietschfranzens Gusta an allen Tagen die Bude offen gehalten: im Frühjahr, wenn sich die alten Linden im Vorhof der Wallfahrtskirche von neuem begrünt haben; im Sommer, wenn es ihr in der Bude nicht selten heiß geworden ist wie in einem Backofen; im Herbst, wenn die großen Wallfahrerzüge übers Gebirge gekommen sind, aus dem Böhmischen und von draußen herein, aus der Lausitz; und winters natürlich auch.

Auch winters hat Pietschfranzen seligs Gusta von früh um neune an dagesessen, hinter dem Ladentisch, und dann hat sie auf Kundschaft gewartet bis abends um halber sechse. Die meisten anderen Marktleute haben von Allerseelen bis Anfang März ihre Buden zugemacht. Bloß der Würstelmann und die Hütter-Karline von gegenüber haben sich auch nicht dazu entschließen können. Der Würstelmann hat sich mit Recht gesagt: »Je kälter die Jahreszeit, desto besser verkaufen sich heiße Würsteln, sie müssen bloß richtig heiß sein, das ist ja klar.« Und die Hütter-Karline, bei der ist's der blanke Geschäftsneid gewesen, der sie zum Offenhalten der Bude bewogen hat. Denn es hätte ja sein können, dass ihr sonst ein paar Kreuzer entgangen wären, die dann womöglich die Gusta kassiert hätte, und das möchte die Hütter-Karline schon sehr gewurmt haben.

Der Umsatz, um ehrlich zu sein, ist in diesen Wochen nicht sehr beträchtlich gewesen. Wallfahrerzüge sind keine gekommen zur Winterszeit und die eingesessenen Haindorfer haben begreiflicherweise für Andenken keine Verwendung gehabt, höchstens vielleicht für Weihnachtsschmuck oder Spielsachen, aber auch da in Maßen. Die Hütter-Karline und Pietschfranzens Gusta haben denn auch das Angebot ihrer Waren entsprechend erweitert in dieser Zeit vor den Feiertagen. Um Weihnachtskerzen und Engelshaar, beispielsweise, um Christbaumsterne und bunte Glaskugeln, auch um Hampelmänner, um Schaukelpferde und Puppen und anderen Kinderkram. Nicht zu vergessen die Krippenfiguren!

Krippenfiguren gab es aus Pappendeckel oder in Holz geschnitzt. Maria und Josef, das liebe Jesulein in der Krippe mit Ochs und Esel, mancherlei Hirten, die Könige aus dem Morgenland – und vor allem natürlich Schafe, große und kleine, die einen weidend, die andern ruhend auf Bethlehems Flur. Hübsch weiß in der Wolle alle, wie man sich das von biblischen Lämmern und Schafen nicht anders erwarten darf.

Ein hölzernes Krippenschaf hat zwei Heller gekostet, die Lämmer gab es für einen. Die Hütter-Karline ist zwar der Meinung gewesen, dass man bei solchen Preisen verhungern müsste in seiner Bude, und wenn es nach ihr ginge, würden die Krippenfiguren längst schon das Doppelte bringen – aber die Gusta hat da nicht mitgemacht. Und solange die Gusta bei ihren niedrigen Preisen geblieben ist, die schon zu

Pietschfranzen seligs Zeiten gegolten hatten, hat auch die Hütter-Karline sich nicht getraut, die ihrigen zu erhöhen.

»Dafür sitzt man nun Tag für Tag in der Kälte«, hat sie geraunzt. »Und am Abend muss man sogar noch das teure Petroleum für die Lampe drangeben, weil es so früh schon dunkel wird. Und das alles bringt eigentlich überhaupt nix ein.«

Trotzdem hat die Karline brav ihre Stunden hinter dem Ladentisch abgesessen, bei aller Kälte. Und trotzdem hat sie an jedem Abend beim Schein der Petroleumlampe ausgehalten bis halber sechse. Nämlich bevor nicht Pietschfranzens Gusta die Läden zumacht an ihrer Bude, weicht auch die Hütter-Karline nicht von der Stelle.

Ein einziges Mal nur ist sie von dieser Gewohnheit abgegangen, ausgerechnet an einem Heiligen Abend. In Haindorf sind alle Leute längst schon zu Hause gewesen, kein Käufer hat sich mehr einfinden wollen, seit mindestens einer Stunde nicht. Auch der Würstelmann hatte heut ausnahmsweise schon vorzeitig seinen Ofen ausgehen lassen. Bloß Pietschfranzens Gusta, als ob sie's der Hütter-Karline zu Fleiß tun möchte, hat trotzdem nicht zugemacht. Mehr noch! Selbst über halber sechse hinaus ist sie hocken geblieben an diesem Abend, obzwar es der heilige Weihnachtsabend gewesen ist. Kuchenbreit hat sie dagesessen, in mehrere Decken gehüllt, und hat justament nicht dergleichen getan.

Die Hütter-Karline ist schon ganz zwipplig gewesen vor Ungeduld. Auch hat sie sich selbstverständlich geärgert über die Gusta, und das nicht schlecht. Bis ihr die Warterei endlich zu dumm wird. Da geht sie zur Gusta hinüber und will ihr sagen, dass sie nun endlich Schluss machen soll. Und jetzt erst merkt sie, was los ist: nämlich die Gusta ist hinter dem Ladentisch eingeschlafen.

»So was auch!« Die Karline ist ziemlich wütend. »Aber mir soll's egal sein«, denkt sie, »ich geh jetzt heim.«

So leise wie diesmal hat sie die Läden an ihrem Verkaufsstand noch nie herumgeklappt. Sachte legt sie den Riegel vor und schließt ab. Dann geht sie noch einmal hinein und löscht die Petroleumlampe aus. Langsam schraubt sie den Docht herunter, bis er verlöscht. Hoffentlich knarrt die Türe nicht, wenn sie die Bude von außen zumacht, das fehlte gerade noch. Aber nein, es geht alles gut. Ein kurzes Knarzen, dann klickt das Schloss, sie dreht zweimal den Schlüssel herum.

Pietschfranzens Gusta schläft ungestört vor sich hin, sie hat überhaupt nichts gemerkt. Die Hände hält sie im Schoß gefaltet, das Kopftuch ist ihr ein Stück in die Stirn gerutscht. Sie atmet ganz ruhig. Beim Ausatmen bläst sie ein wenig die Backen auf. Das sieht lustig aus, und die Hütter-Karline denkt sich: »Schlaf du nur weiter, Gusta, von mir aus bis morgen Früh.«

Sie geht also jetzt nach Hause, die Hütter-Karline, und wird sich daheim einen heißen Tee genehmigen. Mit viel Zucker dran und dem doppelten Quantum Rum wie sonst. Denn erstens ist heute Heiliger Abend, nicht wahr, und zweitens muss sie sich tüchtig aufwärmen nach dem langen Herumsitzen in der kalten Bude.

No, gönnen wir, gute Leute, der Hütter-Karline den heißen Tee samt allem, was sie hineinrührt – und wenden wir unser Augenmerk bis auf weiteres wieder Pietschfranzen seligs Gusta zu.

Still ist es auf dem Platz vor der Haindorfer Wallfahrtskirche. Die Dächer der Buden, die Bäume, die Häupter und Schultern der steinernen Heiligen in der Runde: alles ist dick verschneit. Und wenn man von ihrem eigenen Schnarchen absieht, so gibt es zu dieser nächtlichen Stunde nichts, das imstande wäre, Pietschfranzens Gusta im Schlaf zu stören – bis sie mit einem Mal Glockenschläge vernimmt.

Wie sie dann aufhorcht und mitzählt, ganz unwillkürlich, da sind es vier helle Schläge gewesen, gefolgt von zwölf dunklen. »Jesus, Maria!«, denkt sie und traut ihren Ohren nicht. Sitzt sie wahrhaftig noch hinterm Ladentisch – und vom Kirchturm, da schlägt es Mitternacht? »Ne, ne«, muss die Gusta denken. »Wie gibt's denn so was? Ich glaub fast, mir tut's was vormachen …«

Aber nein, es ist wirklich wahr. Da sitzt sie in ihrer Bude, beim Schein der Petroleumlampe, und draußen ist tiefe Nacht. »Man sollt's nicht für möglich halten!« Verwundert schiebt sie das Kopftuch zurück. »Hätt mich die Hütter-Karline nicht aufwecken können, bevor sie heimgeht? Ne, ne, es ist kein Verlass mehr auf dieser Welt – ne, weiß Gott nicht.«

Die Gusta kann nur den Kopf schütteln. Über die Hütter-Karline und über sich selber auch. »Bloß gut, dass ich wach geworden bin«, brummt sie. »Sonst möcht ich in meiner Bude vielleicht erfroren sein, ohne dass ich's gemerkt hätte.«

No, erfroren ist Pietschfranzens Gusta glücklicherweise nicht. Aber hübsch müde ist sie, und wenn sie noch länger hier sitzen bleibt, möchte es sein können, dass sie wieder einschläft. »Ich denk mir, das sollten wir lieber nicht riskieren«, beschließt sie. »Ich mach, dass ich endlich heimkomme.«

Damit schält sie sich aus den Decken heraus und will aufstehen, aber es kommt nicht dazu, weil sie etwas gehört hat – ein leichtes, leises Geräusch von der Kirche her. Und dann sieht sie, wie zwischen den dunklen Stämmen der Bäume eine Gestalt auf sie zukommt, die Budenzeile herauf. »Nanu?«, überlegt die Gusta. »Wer das wohl sein mag, so spät noch am Heiligen Abend? Und noch dazu eine Frau …« Denn das sieht sie jetzt, trotz der Dunkelheit, dass die Gestalt einen weiten, glockenförmig gebauschten Mantel trägt. Und ihr langes Kleid rafft sie mit den Händen auf, damit es nicht über den Schnee schleift.

»Wohin sie wohl geht?«, überlegt die Gusta. »Und wer sie wohl sein mag?« Die Unbekannte tritt auf die Bude zu, sie trägt einen Schleier vor dem Gesicht, wie aus Silberfäden gewirkt. »Ne«, stellt die Gusta fest. »Kennen tu ich sie nicht. Aber sie kommt mir bekannt vor, von weitem muss ich sie schon ein paar Mal gesehn haben.«

Die Fremde steht nun vor ihr, auf der andern Seite des Ladentisches. Das Licht der Petroleumlampe fällt nur auf ihre Hände, die zart sind und fein, das Gesicht bleibt im Dunkel.

»Guten Abend wünsch ich«, sagt Pietschfranzens Gusta. »Was wird's denn sein dürfen, junge Frau?«

»Bloß eine Kleinigkeit«, sagt die Fremde. »Ein Spielzeug

für meinen kleinen Jungen, er hat nämlich heut Geburtstag, wissen Sie.«

»Was Sie nicht sagen!«, meint Pietschfranzens Gusta. »Da haben Sie aber Glück gehabt, dass ich ausnahmsweise noch da bin. Wie wär's denn mit einem Schaukelpferd, junge Frau? Etwa der Schimmel da, mit dem roten Sattelzeug? Beste Weißbacher Ware, nicht zum Kaputtkriegen, selbst von zwei, drei Kindern nicht.«

»Ich habe bloß eins, und das eine spielt immer allein«, sagt die fremde Frau. »Hätten Sie nicht was Kleineres – Sie verstehen ...«

»Nu ja«, sagt die Gusta, »nu ja. Dann tun Sie doch einen Nussknacker nehmen – zum Beispiel den da mit dem Husarenrock und dem Schnauzbart! Der wird Ihrem kleinen Jungen bestimmt gefallen.«

»Gewiss«, sagt die Fremde. »Aber er ist mir ein bissel zu groß und er schaut mir ein bissel zu grimmig drein.«

»Dann nehmen Sie einen Hampelmann!«, rät die Gusta. »Oder vielleicht die Spanschachtel da, mit Soldaten?«

»Nein«, sagt die Fremde und schüttelt den Kopf. Soldaten seien wohl auch nicht das Richtige für den Kleinen, Soldaten gewiss nicht.

»Wie wär's dann mit einem Bauernhof?«, meint die Gusta. »Oder mit einer Arche Noah?« Die vielen hölzernen Tiere – die Rinder, die Ziegen und Schafe, die Elefanten, Kamele, Giraffen und Löwen, je zwei und zwei: Das wär doch was für den kleinen Jungen, wenn er schon keine Soldaten mag.

»Sicherlich haben Sie Recht«, sagt die Fremde. »Sicher-

lich. Aber dies alles, Frau Gusta, nimmt zu viel Platz ein. Ich wüsste nicht, wo wir es tagsüber hintun sollten.«

»No«, meint die Gusta und breitet die Arme über den Ladentisch. »Dann ist's wohl am besten, wenn Sie sich selber was aussuchen tun. Sie dürfen auch alles anfassen, was Sie wollen. Und tun Sie sich, bitt schön, Zeit lassen, ja? Es kommt mir auf paar Minuten wirklich nicht an.«

Die Fremde bedankt sich, das sei sehr freundlich von der Frau Gusta. Dann blickt sie sich auf dem Ladentisch suchend um. Ein paar Mal berührt sie das eine oder das andere Stück mit den Fingerspitzen. Sie prüft eine hölzerne Kinderklapper, sie prüft eine kleine Trompete, dann eine Kuckuckspfeife. Schließlich greift sie nach einer der Glaskugeln mit der Muttergottes, und wie es dann in der Kugel zu schneien anfängt, lacht sie und meint: »Das ist wirklich lustig … Was sich die Leute nicht alles ausdenken!«

Ihr Lachen klingt hell und ist voller Anmut. Wenn Pietschfranzen seligs Gusta sich später daran erinnert hat, musste sie immer denken: »Wie silberne Glöckerlen hat's geklungen, wie silberne Glöckerlen.«

Zu guter Letzt hat die Fremde sich eines der hölzernen Schafe herausgelangt aus der Schar der Krippenfiguren. Das Schaf hat auf einem grünen Brettchen gelegen, als läge es auf der Weide. »Das nehm ich«, entschied sie. »Das wird meinem kleinen Jungen gefallen, was kostet es?«

»Das da?« Pietschfranzens Gusta nahm ihr das Schaf aus der Hand und besah es sich aus der Nähe. »Muss es gerade das sein? Wo es doch einen dunklen Fleck hat, da auf dem Rücken. Manchmal, wissen Sie, gibt es ja solche Stücke mit kleinen Fehlern. Tun Sie ock lieber ein anderes nehmen, ein richtig weißes.«

Schon wollte die Gusta das Schaf mit dem kleinen Fehler gegen ein anderes austauschen, aber die Fremde hat das nicht zugelassen. »Nein, nein«, widersprach sie. »Ich kenne doch meinen Jungen. Schafe mit kleinen Fehlern sind ihm die allerliebsten. Geben Sie mir's nur wieder, Frau Gusta, und sagen Sie, was es kostet.«

»Eigentlich müsst ich zwei Heller dafür verlangen«, antwortete die Gusta. »Aber Sie sollen es, junge Frau, um die Hälfte kriegen, weil's ja den kleinen Fehler hat. Soll ich es Ihnen ein bissl einpacken?«

»Dank schön, nicht nötig«, erwidert die Fremde. »Das nehme ich unter den Mantel, ich hab's ja nicht weit.«

»So, so«, meint die Gusta erstaunt. »Dann wohnen Sie also hier in der Nähe?«

»Schon lang«, sagt die Fremde. »Schon länger als Sie, Frau Gusta.«

Spätestens jetzt hätte Pietschfranzens Gusta aufhorchen müssen und stutzen, aber sie kommt nicht dazu. Die Fremde hält in der Linken das kleine Schaf und holt mit der Rechten unter dem Mantel ein Geldstück hervor. Nein, kein Geldstück – es ist eine Perle, in Gold gefasst. »Sie müssen entschuldigen«, sagt sie. »Leider hab ich kein Geld bei mir, nicht einmal einen Heller. Aber wenn's Ihnen recht ist, dann nehmen Sie das da ...«

Damit legt sie der Gusta die Perle aufs Zahlpult, dann geht sie davon. Sie geht nicht, sie wandelt über den Schnee zurück, von woher sie gekommen ist, auf die Kirche zu. Und erst jetzt, in dem Augenblick, da sie die Treppe emporsteigt, dämmert es Pietschfranzens Gusta, wem sie das kleine Schaf mit dem dunklen Fleck verkauft hat. Und wie sich nun das Portal der Kirche öffnet – bloß einen Spalt breit, die nicht mehr Fremde ist ja so zart und schmal –, da strahlt es für ein paar Augenblicke hervor wie das schiere Himmelreich. »Mein Gott!«, durchfährt es die Gusta. »Wo hab ich denn meine Augen gehabt? Ich hätte sie doch erkennen müssen!«

Die Gute, man wird es ihr nicht verdenken können, ist vollkommen durcheinander gewesen. Nach allem, was ihr da widerfahren ist, kann sie nur eines tun, und das tut sie auch: Sie fällt auf die Knie und bittet die Muttergottes um Nachsicht. »Ich hab ja mit dir gesprochen«, sagt sie, »als möchtest du eine ganz gewöhnliche Frau aus'm Dorfe gewesen sein. Und ich hätt mich doch hinwerfen müssen zu deinen Füßen und dir den Saum des Gewandes küssen. Tu mir's ock, bitt schön, nicht übel nehmen in deiner Gnade, ich hab ja nicht wissen können, dass du es gewesen bist.«

So betet sie um Vergebung, die Gusta, bis es vom Uhrturm der Wallfahrtskirche halb eins schlägt. Dann erhebt sie sich ächzend, schließt ihre Bude zu und geht heim.

Am anderen Morgen, dem Morgen des Weihnachtstages, hat Pietschfranzen seligs Gusta zunächst gemeint: »Was für ein schöner Traum das gewesen ist heute Nacht, wie die Mutter Maria zu mir an den Stand gekommen ist und das kleine Schaf gekauft hat nach langem Suchen. Und immer hat sie Frau Gusta zu mir gesagt – und ich hab sie junge Frau genannt, einfach so ...«

Wie aber dann die Frau Witwe Gusta in ihrer Ladenkasse die Perle erblickt hat, die goldgefasste, da hat sie zum zweiten Mal einen heiligen Schrecken bekommen. Denn nicht nur hatte sie nun den Beweis vor Augen, dass sie dies alles keineswegs bloß geträumt haben konnte: Es ist ihr, bei näherem Hinsehen, jetzt auch klar geworden, was ihr die Muttergottes da heute Nacht auf das Zahlpult gelegt hatte. »Gott im Himmel«, musste die Gute beim Anblick der Perle denken. »Darf ich das jemals im Leben annehmen?« Was also war zu tun? Damals hat es im Kloster neben der Haindorfer Wallfahrtskirche noch Franziskaner gegeben. Pietschfranzens Gusta hätte dem Pater Guardian alles erzählen und ihn drum bitten können, er möge, um Himmels willen, der Mutter Maria die Perle doch wieder zurückbringen auf den Hochaltar. Das wäre vermutlich nicht schwierig gewesen für den Herrn Pater Guardian – bloß: Wer trennt sich schon gerne von einer Perle, die ihm die Muttergottes mit eigener Hand in Zahlung gegeben hat? »Ne, ne«, dachte Pietschfranzens Gusta. »Die möcht ich mir schon behalten, wenn's irgendwie geht ... « Und dann ist ihr was eingefallen, was ganz Gescheites.

Am ersten Tag nach den Feiertagen hat sie, zum allergrößten Erstaunen vom Würstlmann und der Hütter-Karline, vor ihre Bude ein Schild gehängt: UMSTÄNDEHALBER GESCHLOSSEN. Sie selbst aber ist mit der Bahn hinübergefahren nach Reichenberg. Dort ist sie zum Goldschmied Sieber am Altstädter Platz gegangen, dem hat sie die Perle vorgelegt. Was man denn billigerweise dafür verlangen könnte, hat sie gefragt. Und der Herr Goldschmied Sieber hat Perle und Fassung auf dreihundert Kronen geschätzt, unter Freunden. Ob die Frau Gusta sie denn veräußern möchte?

»Ne«, hat die Gusta gesagt. »Das ist es ja eben, Herr Sieber, ich möcht sie ja doch so gerne behalten.«

Dann hat sie auf der Reichenberger Sparkassa dreihundert Kronen von ihrem Sparbüchl abgehoben, das war für sie eine Menge Geld. Und wieder nach Haindorf zurückgekehrt, mit dem Fünfuhrzug, ist sie vom Bahnhof weg in die Kirche ge-

gangen und hat in den Opferstock vor dem Gnadenbild einen dicken Umschlag geschoben, mit dreihundert Kronen drin, abzüglich jenen einen Heller, um den sie das Schaf verkauft hatte, nämlich glatte Rechnung ist glatte Rechnung.

So hat sie nun guten Gewissens die Perle doch noch behalten können. Und niemand hat von der Sache jemals etwas erfahren, schon gar nicht die Hütter-Karline. Nämlich die hätte sich höchstens darüber lustig gemacht und den Kopf geschüttelt. »So was bringst auch bloß du fertig!«, hätte sie wohl zur Gusta gesagt. »Wenn mir das passiert wäre – weißt du, was ich getan hätte? Dank schön hätt ich zur Muttergottes gesagt, und damit wär die Geschichte erledigt gewesen für mich.«

Ja, die Hütter-Karline. Vielleicht ist es eben doch kein Zufall gewesen, dass die Mutter Maria von Haindorf damals, an jenem Heiligen Abend, das Schaf mit dem kleinen Fehler bei Pietschfranzen seligs Gusta gekauft hat und nicht bei ihr.

Die Krone des Mohrenkönigs

Die Geschichte von Birnbaum-Plischke und seiner Rosina,
von der Biersuppe für die morgenländischen Majestäten,
vom Griff in das Reisebündel sowie von den Folgen,
die Plischken daraus entstanden sind.

In jenen Tagen und Nächten damals, als die Drei Könige aus dem Morgenland unterwegs waren, um nach dem Jesusknaben zu suchen und ihm mit Myrrhen, Weihrauch und Gold ihre Huldigung darzubringen, sind sie, so ist uns als Kindern erzählt worden, auch in die Gegend gekommen, wo ich in früheren Jahren zu Hause gewesen bin: also ins Böhmische, über die schlesische Grenze herein, durch die großen verschneiten Wälder. Das mag man, vergegenwärtigt man sich die Landkarte, einigermaßen befremdlich, ja abwegig finden; indessen bleibt zu erinnern, dass die Drei Könige, wie geschrieben steht, nicht der Landkarte und dem Kompass gefolgt sind auf ihrer Reise, sondern dem Stern von Bethlehem, und dem wird man es schwerlich verübeln können, wenn er sie seine eigenen Wege geführt hat.

Jedenfalls kamen sie eines frostklaren Wintermorgens über die Hänge des Buchbergs gewandert und waren da: nur sie drei allein, wie man uns berichtet hat, ohne Tross und Dienerschaft, ohne Reitpferde und Kamele (die hatten sie wohl zurücklassen müssen, der Kälte wegen, und weil sie im tiefen Schnee kaum weitergekommen wären, die armen Tiere). Sie selbst aber, die Drei Könige aus dem Morgenland, seien ganz und gar nicht gewandet gewesen wie Könige, sondern

in dicken, wattierten Kutschermänteln kamen sie angestapft, Pelzmützen auf dem Kopf, und jeder mit einem Reisebündel versehen, worin er nebst einiger Wäsche zum Wechseln und den Geschenken, die für den Jesusknaben bestimmt waren, seine goldene Krone mitführte: weil man ja, wenn man von weitem schon an der Krone als König kenntlich ist, bei den Leuten bloß Neugier erregt und Aufsehen, und das war nicht gerade nach ihrem Geschmack, im Gegenteil.

»Kalt ist es!«, sagte der Mohrenkönig und rieb sich mit beiden Händen die Ohren. »Die Sterne am Himmel sind längst verblasst – wir sollten uns, finde ich, für den Tag eine Bleibe suchen.«

»Recht hast du, Bruder Balthasar«, meinte der König Kaspar und schüttelte sich die Eiszapfen aus dem weißen Bart. »Seht ihr das Dorf dort? Versuchen wir's gleich an der ersten Haustür, und klopfen wir an!«

König Melchior als der Jüngste und Kräftigste watete, seinen Gefährten voran, durch den knietiefen Schnee auf das Haus zu, das ihnen am nächsten war.

Dieses Haus, wie der Zufall es wollte, gehörte dem Birnbaum-Plischke; und Birnbaum-Plischke, das darf nicht verschwiegen werden, genoss bei den Leuten im Dorf nicht gerade das beste Ansehen, weil er habgierig war und ein großer Geizkragen – und aufs Geld aus, herrje, dass er seine eigene Großmutter, wenn sie noch lebte, für ein paar Kreuzer an die Zigeuner möchte verschachert haben, wie man so sagt. Nun klopfte es also an seiner Haustür und draußen standen die Könige aus dem Morgenland, aber in Kutschermänteln, mit Pelzmützen auf dem Kopf, und baten den Birnbaum-Plischke um Herberge bis zum Abend. Zuerst hat Plischke sie kurzerhand wegschicken wollen, nämlich: mit Bettelleuten möcht er sich nix zu tun machen, knurrt er. Aber da hat ihm der König Melchior einen Silbertaler unter die Nase gehalten, um ihm zu zeigen, dass sie die Herberge nicht umsonst begehrten – und Plischke den Taler sehen, die Augen aufreißen und die Haustür dazu: Das war alles eins.

»Belieben die Herren nur einzutreten!«, hat er gesagt und dabei nach dem Taler gegrapscht und dann hat er gekatzbuckelt, dass er sich bald das Kreuz verrenkt hätte. »Wenn die Herren so gut sind und möchten mit meiner bescheidenen Stube vorlieb nehmen, soll's ihnen an nix fehlen!«

Seit er den Taler bekommen hatte, war Birnbaum-Plischke wie ausgewechselt. Vielleicht, hat er sich gesagt, sind die Fremden reisende Kaufleute – oder verkleidete polnische Edelleute, die mitsamt ihrem Leibmohren unerkannt über die Grenze wollten? Jedenfalls sind sie was Besonderes, weil sie Geld haben, und zwar viel, wie es scheint: Wer zahlt schon für ein paar Stunden am warmen Ofen mit einem vollen Taler? Da kann, wenn du Glück hast, Plischke, und es den Herren recht machst, leicht noch ein zweiter rausspringen …

Solches bedenkend, führt Birnbaum-Plischke die Könige in die gute Stube und hilft ihnen aus den Mänteln; dann ruft er sein Weib, die Rosina, herzu und sagt ihr, sie soll eine Biersuppe für die Herren kochen, aber geschwind, geschwind, und dass sie ihm ja nicht an Zucker und Zimt spart, die Nel-

ken auch nicht vergisst – und zum Schluss ein paar Löffel Branntwein dran!

Die Plischken erkennt ihren Alten kaum wieder. Was mag bloß in den gefahren sein? Er aber scheucht sie zur Tür hinaus, in die Küche, und poltert, dass sie sich sputen soll, denn die Herren sind hungrig und durchgefroren und brauchen was Heißes zum Aufwärmen, und da ist eine Biersuppe akkurat richtig für sie, die wird ihnen gut tun. Er selbst eilt hernach in den Holzschuppen, schleppt einen Korb voll Buchenscheite herbei, und dann schürt er im Kachelofen ein mächtiges Feuer an, dass es nur so prasselt. Den Königen ist es nicht entgangen, wie gründlich sich Birnbaum-Plischkes Verhalten geändert hat, und es ist ihnen nicht ganz wohl dabei, denn sie können den Blick nicht vergessen, mit dem er sich auf den Taler gestürzt hat.

»Kann sein«, sagt der König Melchior, während Plischke noch einmal um Holz hinausläuft, »kann sein, dass es besser ist, wenn wir ein Häusel weitergehen. Der Mann da gefällt mir nicht.«

König Kaspar ist einer Meinung mit ihm. Doch der Mohrenkönig erwidert: »Bedenkt, liebe Brüder, dass wir in Gottes Hand stehen! Wenn es sein Wille ist, dass wir das Kindlein finden, um dessentwillen wir seinem Stern hinterdreinwandern Nacht für Nacht: dann wird er auch dafür sorgen, dass uns kein Leid geschieht unterwegs – weder hier, unterm Dach dieses Menschen, der voller Geldgier und Falsch ist, noch anderswo.«

Das sehen die Könige Kaspar und Melchior ein und sie schämen sich ihres Kleinmuts und sagen zum König Balthasar: »Recht hast du, Bruder Mohrenkönig! Wir wollen uns Gott befehlen und bis zum Abend hier bleiben, wo wir nun einmal sind.«

Bald danach tischte Plischkes Rosina ihnen die Biersuppe auf und das heiße Gebräu, das nach Zimt und nach Nelken duftete, und ein wenig nach Branntwein, das heiße Gebräu tat den Königen wohl, auf die kalte Nacht hin: so wohl, dass der Mohrenkönig die Plischken um das Rezept bat und es sich aufschrieb und ihr dafür einen Taler verehrte, obgleich, wie er meinte, ein solches Rezept nicht mit Geld zu bezahlen sei.

Was aber eine richtige Biersuppe ist, noch dazu, wenn die

Köchin nicht mit dem Branntwein gespart hat: die macht, wie man weiß, nicht nur warm, die macht auch schläfrig. Den Königen aus dem Morgenland kam das gerade recht, sie hätten sich ohnehin ein paar Stunden aufs Ohr gelegt, wie sie das allerorten zu tun pflegten, wo sie Tagrast hielten.

Sie waren dabei, was ihr Lager anging, nicht wählerisch. Schon wollten sie auf dem hölzernen Fußboden ihre Mäntel ausbreiten, um sich darauf zu legen, in Hemd und Hosen, das Reisebündel unter dem Kopf und die Jacke, so weit sie reichte, als Zudecke über den Leib – da kommt Birnbaum-Plischke hinzu, schlägt die Hände über dem Kopf zusammen und sagt, dass er das nicht zulässt, dass sich die Herren Reisenden auf den Fußboden legen. Das könnten sie ihm nicht antun, da müsst er sich ja seiner Lebtag in Grund und Boden schämen: kurzum, er besteht darauf, dass die drei ihm hinauffolgen in die Schlafkammer, wo die Rosina inzwischen schon alles frisch bezogen hat, und dass sie in ihren eigenen, Plischkens, Betten schlafen, denn anders macht er's auf keinen Fall, und das dürften sie ihm nicht abschlagen. Damit eilt er auch schon hinaus und zieht hinter sich die Tür zu.

Die Könige Kaspar und Melchior haben sich staunend angeblickt und den Kopf geschüttelt; aber der Mohrenkönig, der Balthasar, hat ganz einfach sein Reisebündel neben die Tür geworfen und dann hat er angefangen sich auszuziehen.

»Wie lang ist es her«, rief er lachend, »dass wir in keinen richtigen Betten geschlafen haben? Kommt, worauf wartet ihr, da ist Platz genug für uns!«

Die Könige Kaspar und Melchior mussten ihm beipflichten und nachdem sie den Birnbaum-Plischke noch einmal hereingerufen und ihm den Auftrag gegeben hatten, er möge sie gegen Abend wecken, sie müssten bei Einbruch der Dunkelheit weiterziehen, legten auch sie ihre Bündel und Kleider ab; und nun zeigte sich's, dass der Mohrenkönig sich nicht verschätzt hatte: Plischkens Ehebett war so breit und geräumig, dass sie zu dritt darin unterkamen, ohne sich gegenseitig im Weg zu sein. Das frische Leinen duftete nach dem Quendelkraut, das die Rosina als gute Hausfrau in ihrer Wäschetruhe nicht missen mochte, das Lager war weich und warm und die Biersuppe tat ein Übriges nach der langen Nacht: den Königen aus dem Morgenland fielen die Augen zu und es dauerte kaum ein paar Atemzüge, da schliefen sie tief und fest, und der Mohrenkönig fing voller Inbrunst zu schnarchen an, als gelte es, einen ganzen Palmenhain kurz und klein zu sägen.

So schliefen sie also und schliefen und merkten nicht, wie sich Birnbaum-Plischke auf leisen Sohlen hereinschlich und sich an ihren Bündeln zu schaffen machte, atemlos und mit flinken Fingern. Denn Plischke ist nicht von gestern; er ahnt, dass die fremden Herren von reicher Herkunft sind, und nun will er es ganz genau wissen, was es mit ihren Bündeln auf sich hat. Er durchwühlt sie – und findet die Königskronen!

Da ist es um ihn geschehen. Ohne sich lang zu besinnen, nimmt er die größte und kostbarste der drei goldenen Kronen an sich (dass es die Krone des Mohrenkönigs gewesen ist, hat er natürlich nicht ahnen können, woher denn auch?), und nachdem er die Bündel wieder verschnürt hat, eilt er mit seiner Beute hinab in den Ziegenstall, wo er sie unters Stroh schiebt und einen leeren Melkeimer drüberstülpt. Hoffentlich, denkt er, merken die Fremden nichts davon, wenn sie aufwachen und sich anziehen …

Aber die Könige aus dem Morgenland schöpfen keinen Verdacht, wie Plischke sie wecken kommt. Außerdem sind sie in Eile, sie essen nur rasch noch ein paar Löffel Hafergrütze, dann ziehen sie ihre Mäntel an, schlagen die Kragen hoch, geben Plischkens zum Abschied zwei Taler, bedanken sich für das gute Quartier und das Essen – und ahnungslos ziehen sie ihres Weges.

Die Sterne funkeln über den Wäldern, der Schnee knirscht bei jedem Schritt, und Birnbaum-Plischke steht unter der Tür seines Hauses und blickt den Drei Königen nach, bis sie endlich zum Dorf hinaus und verschwunden sind.

Nun hält es ihn nicht mehr länger, er rennt in den Ziegenstall, stößt den Melkeimer mit dem Fuß weg und zieht unterm Stroh die goldene, mit Juwelen besetzte Krone hervor. Er läuft damit in die Küche, wo die Rosina gerade dabei ist, die Teller und Löffel zu spülen; und wie sie die Krone in seinen Pratzen funkeln und blitzen sieht, da erschrickt sie und wendet sich von ihm ab. »Plischke!«, ruft sie. »Was soll das, um Himmels willen, was hast du da?«

Augenzwinkernd erklärt ihr Plischke, woher er die Krone hat. Er will sie, so sagt er ihr, einem Goldschmied verkaufen, drüben in Bunzlau oder herüben in Reichenberg – je nachdem, wo ihm mehr geboten wird. Sie aber, die Rosina, will das nicht hören, sie fällt ihm ins Wort und beginnt zu keifen. »Plischke!«, zetert sie. »Bist du um allen Verstand gekommen? Die Fremden werden dich an den Galgen bringen, wenn sie herauskriegen, was du getan hast!«

»Nu, nu«, beschwichtigt sie Plischke, »die haben doch keinen Beweis gegen mich, die können die Krone ja sonst wo verloren haben – da mach dir nur keine Sorgen, Alte, das hab ich mir alles genau überlegt.«

Und dann sticht ihn der Hafer, da nimmt er die Krone des Mohrenkönigs in beide Hände und setzt sie sich auf den Schädel, zum Spaß nur, aus schierem Übermut – und, o Wunder, sie passt ihm wie angegossen, als sei sie für ihn geschmiedet. »Sieh her!«, ruft er der Rosina zu und tanzt in der Küche herum. »Wie gefall ich dir mit diesem Ding?«

Plischkens Rosina, kaum dass sie ihn flüchtig betrachtet hat, fängt zu lachen an. »Nein doch!«, prustet sie. »Lass den Unsinn, Plischke, und wasch dir den Ruß vom Gesicht, du siehst ja zum Fürchten aus!«

»Welchen Ruß denn?«, fragt Birnbaum-Plischke und schaut in den Spiegel neben dem Küchenschrank. Da sieht er, dass seine Stirn und die Wangen schwarz sind, die Nase, das Kinn und die Ohren ebenso – schwarz, wie mit Schuhwichse voll geschmiert. »Sonderbar«, meint er, »das muss von der Lampe kommen oder vom Ofenschüren … Schaff Wasser her, Alte, Wasser und Seife, damit ich das wieder runterbringe!«

Dann setzt er die Krone ab, zieht das Hemd aus und wäscht sich; er schrubbt das Gesicht mit der Wurzelbürste und heißem Wasser, mit Soda und Seifenlauge. Es ist wie verhext mit der schwarzen Farbe, sie lässt sich nicht wegrumpeln, auch mit Waschsand nicht, eher scheuert er sich die Haut durch.

Da dämmert es Plischken, dass er zu einem Mohren geworden ist; und die Rosina merkt auch, dass die Farbe echt ist und nie mehr abgehen wird.

»Ogottogott!«, schluchzt sie. »Was werden die Leute bloß sagen, wenn du mit deiner schwarzen Visage ins Dorf kommst! Die werden sich schief und krumm lachen, wenn sie dich sehen! Und glaub mir, die Kinder werden dir nachlaufen, wo du auftauchst, und schreien: ›Der Mohr kommt,

der Mohrenplischke!‹ Und alles nur, weil du die Krone gestohlen hast!«

»Was denn?«, meint Plischke betroffen. »Was soll denn die Krone damit zu tun haben, dass ich schwarz bin?«

»Da fragst du noch?«, fährt die Alte ihn an. »Ich sag dir's ja: Weil du die Krone gestohlen hast, bist du zur Strafe ein Mohr geworden – das ist doch so klar wie nur irgendwas auf der Welt! Und ein Mohr wirst du bleiben in alle Ewigkeit, wenn du sie nicht zurückgibst!«

»Die Krone?«, ruft Plischke. »Die Krone soll ich zurückgeben? Überleg dir mal, was du da redest, Alte!«

»Da gibt's nichts zu überlegen«, sagt die Rosina, »begreif das doch! Zieh die Stiefel an, Plischke, und lauf, was du kannst, damit du die Herren einholst und die Geschichte ins Reine bringst!«

Plischke, nach einigem Wenn und Aber, sieht ein, dass ihm keine andere Wahl bleibt: Die Alte hat Recht. Also her mit den Stiefeln, den Mantel an und die Mütze auf! – Und die Krone? »Die schlagen wir in ein Tuch ein«, sagt die Rosina. Das tut sie auch und dann schiebt sie den Birnbaum-Plischke zur Tür hinaus in die Kälte. »Lauf zu!«, ruft sie hinter ihm drein. »Lauf zu und verlier die Spur nicht!«

Der Mond scheint, es ist eine helle Nacht und die Spur, die die Könige hinterlassen haben, ist leicht zu finden; sie führt über Berg und Tal, durch die Wälder und über Blößen, immer geradeaus, wie mit dem Lineal gezogen. Plischke, was-hast-du-was-kannst-du, folgt ihr, so schnell ihn die Füße tragen – und endlich, schon tief im Böhmischen ist es, die

Sterne am Himmel verblassen bereits und hinter den Bergen zeigt sich der Morgen an: endlich erblickt er die drei vor sich, einen Hügel emporsteigend.

»Heda!«, schreit er und »Holla!« und »Wartet doch, wartet doch! Ich bin's, ich hab was für euch!«

Da bleiben die Könige stehen und wenden sich nach ihm um und Birnbaum-Plischke nimmt seine letzte Kraft zusammen und rennt auf sie zu mit den Worten: »Ihr habt was vergessen bei uns in der Schlafkammer – das da … Ich hab es gefunden und bin euch nachgerannt: hier!« Damit schlägt er das Tuch auseinander und hält ihnen die gestohlene Krone hin. »Die gehört euch doch – oder?«

Der Mohrenkönig erkennt sie sogleich, und er freut sich darüber, dass Plischke sie ihm gebracht hat. »Hab Dank, guter Mann«, sagt er. »Weit hast du laufen müssen, um sie mir nachzutragen: Gott lohn es dir!«

Birnbaum-Plischke blickt überrascht in das freundliche schwarze Gesicht des Fremden. Und plötzlich, Plischke erkennt sich kaum wieder, kommt er sich fürchterlich schäbig vor. Etwas würgt ihn im Halse, das muss er loswerden, sonst erstickt er dran.

»Herr«, bringt er mühsam hervor, »sag nie wieder ›guter Mann‹ zu mir! Du musst wissen, dass ich ein Dieb bin – und dass ich die Krone gestohlen habe.«

»Gestohlen?«, staunte der Mohrenkönig. »Und wiedergebracht?«

»Weil mir's Leid tut«, stammelte Plischke, »und weil es nicht recht war. Verzeiht mir, ich bitte euch sehr darum!«

Die Dreikönige aus dem Morgenland blickten sich an und es schien, dass sie einer Meinung waren.

»Wenn es dir Leid tut«, sagte der Mohrenkönig, »dann sei dir verziehen, Alter, und alles hat seine Ordnung. – Aber was hast du denn?«

»Ach«, druckste Plischke herum, denn mit einem Mal war es ihm wieder eingefallen. »Es ist bloß … Ich möchte sagen … Mir ist da ein dummes Ding passiert. – Werd ich auch wieder ein weißes Gesicht haben, wenn ich zurückkomme in mein Dorf?«

»Dein Gesicht wird so weiß sein wie eh und je«, versprach ihm der Mohrenkönig. »Doch scheint es mir auf die Farbe, die eines Menschen Gesicht hat, nicht anzukommen. Lass sie von mir aus schwarz oder gelb oder rot sein wie Kupfer –

Hauptsache, dass du kein schwarzes Herz hast! Die Leute freilich, die sehen das nicht. Aber einer sieht es, der alles sieht: Das bedenke!«

Dann wandten die Könige sich zum Gehen und Plischke allein zurücklassend (mochte er zusehen, wie er mit sich ins Reine kam), zogen sie ihres Weges weiter, nach Bethlehem.

Das Lied der Zikade

Die Geschichte von den Heiligen Drei Königen,
wie sie auf dem Heimweg durchs Königreich Böhmen
in schwere Bedrängnis geraten sind,
ferner von Kittelseff und den beiden Hüttenjungen
sowie von der kleinen Hausgrille und dem Segen des Herrn

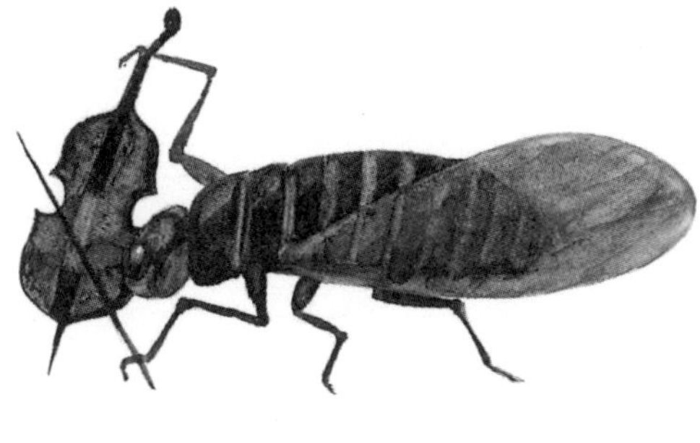

Nachdem sie, dem Weihnachtsstern folgend, das Gotteskind in der Krippe gefunden, mit Weihrauch, Myrrhen und Gold es beschenkt und den Segen dafür empfangen hatten, so hätten sie nun getrost nach Hause zurückkehren dürfen, die Heiligen Drei Könige aus dem Morgenland, und zwar auf geradem Wege: dies aber haben sie nicht getan, da ein Engel des Herrn sie im Traum vor dem König Herodes gewarnt hatte, der dem Kindlein von Bethlehem nach dem Leben trachte, weshalb sie denn, um den Bösewicht irrezuführen, auf allerlei Um- und Abwegen weitergezogen sind, kreuz und quer durch das jüdische Land, bis sie schließlich der Meinung waren, es sei an Verwirrung alles getan, was sich habe tun lassen; jetzt erst traten sie wirklich den Rückweg an, heimzu ins Morgenland, wobei sie auch diesmal wieder das Königreich Böhmen durchwandern mussten, zur schlesischen Grenze hin.

Der Weihnachtsstern war erloschen, es lag nun an ihnen selber, den Weg nach Hause zu finden, was glücklicherweise nicht halb so schwierig war, wie es sich anhören mag. Zum einen kannten sie ja die Richtung, die sie zu nehmen hatten, wenigstens ungefähr, und zum andern brauchten sie nicht mehr des Nachts zu wandern, sondern sie konnten am helllichten Tage reisen. Da gab es Straßenschilder, da gab es Leute, die sich befragen ließen, sodass sie ganz gut zurechtkamen, ohne alle Verzögerung, ohne unnützen Aufenthalt, denn das wird man verstehen können, dass es sie heftig danach verlangte, wieder nach Hause zu kommen.

Besonders der König Balthasar aus dem Mohrenland drängte zur Eile. Mit jedem Reisetag wuchs die Sehnsucht in seinem Herzen, die Sehnsucht nach seiner Frau, auch nach seinem Palast inmitten der weiten Gärten: Dort wollte er ausruhen von der Reise, Seite an Seite mit seiner schönen, der dunkelhäutigen Königin, unter dem Dach eines seidenen Baldachins; der Duft von Rosen und Mandelblüten würde zu ihnen herüberwehen – und endlich würde er dann von ferne das sirrende, schwirrende Lied der Zikaden hören und wissen, dass er nun wieder daheim sei …

Der Mohrenkönig ist es denn auch gewesen, der seine Gefährten im böhmischen Städtchen Turnau dazu überredet hat, mit dem Postschlitten weiterzufahren, hinauf zur Grenze. Das muss in der Zeit um Maria Lichtmess gewesen sein, die Nächte waren noch bitterkalt, die Tage indessen begannen schon merklich länger zu werden.

Der Himmel über dem Königreich Böhmen hatte sich während der frühen Morgenstunden mit schwerem Gewölk überzogen – und richtig, die Könige hatten den Postschlitten kaum bestiegen, da fallen auch schon die ersten Flocken, vereinzelt noch, rasch aber werden es mehr und mehr. Und wie sie ums Dunkelwerden in Tannwald vorfahren, an der Posthalterei, da herrscht unterdessen ein richtiges Schneegestöber, das auch am anderen Morgen anhält, mit unverminderter Heftigkeit.

Die Drei Könige hatten die Nacht in der Posthalterei verbracht, auf dem Heuboden überm Pferdestall, und wie sie dann in der Frühe am Tisch sitzen bei der Morgensuppe, eröffnet ihnen der Tannwalder Posthalter höflich, jedoch mit Bestimmtheit, er könne leider den Schlitten heute nicht weiterschicken, wie ursprünglich vorgesehen: nämlich bei diesem elenden Stöberwetter, da möcht ihm das zu gefährlich sein, für den Kutscher und das Gespann, von den Herren Fahrgästen ganz zu schweigen. Damit hatten die Könige aus dem Morgenland nicht gerechnet und wiederum war es der Mohrenkönig, der weiterdrängte. Sie würden schon, meinte er, als der Flockenwirbel vorübergehend ein wenig nachließ, mit Gottes Hilfe auch ohne Postschlitten bis zur Grenze durchkommen, und zwar heut noch: Es könne bis dorthin ja allzu weit nicht mehr sein.

No schön, alle Warnungen, alle Bitten des Posthalters in den Wind schlagend, zogen sie also los, auf der Straße nach Polaun dahin, und es hatte zunächst den Anschein, als sollten sie ihren Entschluss nicht bereuen müssen. Die ersten zwei Meilen haben sie gut hinter sich gebracht, auch die Hälfte der dritten noch. Die Straße war nicht zu verfehlen, bei allem frisch gefallenen Schnee nicht, denn jeweils im Abstand von zwanzig bis dreißig Schritten hatte man ihre Ränder mit Stangen abgesteckt. Der Mohrenkönig ist vorneweg gestapft, die andern sind ihm in seinen Fußstapfen nachgefolgt, der König Kaspar zum Schluss, denn er war der Älteste von den dreien, noch rüstig für seine Jahre, aber doch eben nicht mehr der Kräftigste. Deshalb fragte der König Balthasar ihn von Zeit zu Zeit, indem er sich nach ihm umwandte: »Sag, Bruder Kaspar, kommst du noch mit – oder sollen wir eine Pause machen?«

Es mag um die zweite Nachmittagsstunde gewesen sein, da begann es mit einem Mal wieder stärker zu schneien, und nicht nur dies! – es schneite von jetzt an so dicht und fein, dass sie meinten, es seien Schleier von weißem Tüll, die vom Himmel auf sie herabsanken und sie einhüllten, dass sie kaum noch die Hand vor den Augen sahen, geschweige denn bis zur nächsten Stange am Straßenrand.

»Lasst uns Acht geben, dass wir beisammenbleiben«, sagte der König Melchior voller Sorge. »Am besten, wir halten uns aneinander fest – und dich, Bruder Kaspar, nehmen wir in die Mitte, das ist am sichersten.«

Der König Melchior, nun am Ende der Reihe, legte dem König Kaspar die rechte Hand auf die linke Schulter, der König Kaspar die seine dem Mohrenkönig. So stapften sie ihres Weges, Blinden gleich, die ein Blinder führt. Immer tiefer versanken sie mit den Füßen im Schnee, immer länger brauchten sie nun von Stange zu Stange. Darüber wurde es dunkel, die Nacht brach herein, und nicht lange, so merkten sie, dass sie die Richtung verloren hatten.

Ein Wald nahm sie auf, das merkten sie an den Bäumen zu beiden Seiten des Weges. Der Pfad, dem sie folgten, war schmal. Ein paar Mal streiften sie an verschneite Äste. Dann war es, als schlitzte jemand zu ihren Häupten ein Federbett auf – nur dass es nicht Daunen waren, mit denen sie überschüttet wurden: nein, es war Schnee, es war Schnee und Schnee.

Allmählich verließen den König Kaspar die Kräfte. »Gib mir dein Reisebündel, ich trag dir's!«, sagte der Mohrenkönig und sprach den Gefährten Trost zu. »Gott wird uns nicht verlassen, Brüder. Kann sein, dass wir bald einen Schimmer von Licht erspähen; kann sein, dass wir auf ein Haus, eine Hütte stoßen: Dort werden wir unterkriechen und abwarten, bis es zu schneien aufhört.«

Er durfte nicht daran denken, dass er es gewesen war, der in Tannwald zum Aufbruch gedrängt hatte: wenn sie nicht durchkamen, wenn sie zugrunde gingen in den verschneiten Wäldern, so trug er die Schuld daran, er allein. Dann würde es keine Heimkehr geben für sie, kein Wiedersehen mit seiner Liebsten – und niemals, niemals würde er je in den weiten Gärten seines Palastes das sirrende, schwirrende Lied der Zikaden hören …

Das Herz ward ihm schwer und schwerer mit jedem Schritt. Und was tat er in seiner Bedrängnis, der König Balthasar aus dem Mohrenland? In seiner Bedrängnis hob er mit fester Stimme zu singen an, voller Vertrauen und Inbrunst:

»Der du Licht und Leben bist,
Herr und Heiland Jesu Christ,
Führe uns an deiner Hand
Durch Nacht und Schnee
Im fremden Land!«

Das Lied des Mohrenkönigs bestand nur aus dieser einen Strophe, sie war ihm gerade eingefallen. Und da in der einen Strophe alles enthalten war, alles, worauf sie hofften und was sie sich wünschten in dieser verzweifelten Stunde, so fielen die beiden anderen Könige ein: König Kaspar mit dünner Greisenstimme, der König Melchior umso kräftiger. Sie sangen die eine Strophe ein zweites, ein drittes, ein zwölftes Mal – und so fort und fort.

Der Wald zu Seiten des Pfades, sie merkten es trotz der Dunkelheit und des Schneetreibens, war zurückgetreten. Nun schritten sie über freies Feld dahin, stets gewärtig, in einen Graben zu fallen, in eine der Felsenschluchten zu stürzen, mit denen es im Gebirge immer zu rechnen galt. Nirgends, trotz allen Betens und Singens, der Schein eines Lichtes, nirgends das Dach einer Baude, ein Stall oder Schuppen: Alles nur schwarz in schwarz, alles weiß in weiß.

Doch plötzlich verstummt der Mohrenkönig, noch wagt er es nicht zu glauben … »Singt!«, ruft er den Gefährten zu. »Singt weiter, ihr lieben Brüder und Könige – singt, o singt!«

Die Könige Kaspar und Melchior singen weiter, der Mohrenkönig zieht prüfend die Luft ein. Kein Zweifel schließlich! Was er mit seiner schwarzen, der überaus feinen Mohrennase erwittert hat: Es ist Rauch, das ist wirklich Rauch! Wo aber Rauch ist, muss Feuer sein – und wo Feuer ist, werden sie Obdach finden!

Dem König Balthasar bleibt nicht die Zeit, darüber auch nur ein Wort zu verlieren. Mit einem Mal können sie nicht mehr weiter, sie sind an ein großes hölzernes Tor geraten, fast wäre der Mohrenkönig dagegen gestoßen! Sie klopfen, sie bitten um Einlass, es wird ihnen aufgetan. In der Öffnung des Tores, beleuchtet von einem brennenden Kienspan in der erhobenen Hand: wer beschreibt ihr Erstaunen? Ein Mohr ist es, der ihnen da entgegentritt, schwarz von Händen und schwarz von Angesicht!

Wir wollen es kurz machen. Jener vermeintliche Mohr ist Herr Josef Kittel gewesen, Kittelseff, seines Zeichens Nachtschürer auf der Glashütte an der Iser. Und Kittelseff, über und über rußgeschwärzt, wie der Beruf eines Schürers es mit sich bringt, Kittelseff ist beim Anblick der Fremden nicht minder verwundert, als wie es der Mohrenkönig und dessen Begleiter sind. »Nanu!«, ruft er aus. »Wen hat's mir denn da vor die Hütte geschneit? Wer seid ihr und woher kommt ihr bei diesem Hundewetter?«

»Wir kommen von weit her«, tut ihm der Mohrenkönig Bescheid und fragt, ob sie eintreten dürfen. – »No was denn! Immer hübsch rein mit euch!« Kittelseff scheucht die Hüttenjungen herbei, den Nitsch-Hans und Breuers Gustav. »Seht ihr nicht, dass sie voller Schnee sind? Holt Besen und staubt sie ab!«

Die Hüttenjungen tun ihre Sache gründlich. Sie ruhen nicht eher, als bis sie die Fremden gänzlich vom Schnee befreit haben. »Und jetzt her mit den Mänteln und Mützen, wir hängen sie euch zum Trocknen auf!«

Wohin waren sie da geraten, die morgenländischen Majestäten? Sie standen in einem hohen und weiten, von rauchiger Wärme erfüllten Raum, der nur spärlich von waberndem

Licht erhellt war. Vor ihnen erhob sich ein ungetümes Gebilde, nicht unähnlich einem Kohlenmeiler, massig und breit, nach oben hin abgerundet. An einigen Stellen, aus Ritzen und Spalten, flackerte aus der Tiefe des dunklen Gebildes Flammenschein, Feuersglut.

»No, was gibt's?«, meinte Kittelseff. »Habt ihr noch nie einen Glasofen in Betrieb gesehn?«

»Einen Glasofen?«, wiederholte der Mohrenkönig das ihnen ungeläufige Wort.

»In solchen Öfen wird Glas gemacht«, belehrte sie Kittelseff. »Aus Quarz und Kalkstein und Asche schmelzen wir's in den Flammen heraus, hier bei uns in den Wäldern. Und wir da, die Hüttenjungen und ich, wir sorgen dafür, dass das Feuer nicht ausgeht während der Zeit des Schmelzens.« Er zeigte auf eine Öffnung am unteren Rand des Ofens, aus der es den Königen feurig entgegenschlug. »Dort unten, das ist das Schürloch, da werden die vorgetrockneten Scheiter eingeschoben, hübsch langsam und gleichmäßig ... – No, was gibt's denn, was hat's denn?« Er wandte sich an die Hüttenjungen. »Glotzt mir nicht rum da! Holt Scheiter herzu – und dann eingeschürt, immer eingeschürt!«

Die Hüttenjungen huschten davon, Kittelseff konnte sich wieder den Fremden zuwenden. »Ich denk mir, ihr werdet hungrig sein. Und wie steht's mit dem werten Durst?«

Keine böhmische Glashütte ohne Bier, keine böhmische Glashütte ohne geröstete Erdäpfel, in der Asche des heißen Ofens herausgebraten. »Nirgendwo schmecken sie besser als hier bei uns«, behauptete Kittelseff. »Und das Bier erst, das Bier aus der Hüttenschenke! Es wird euch wohl tun, es wird euch wärmen, es wird euch schläfrig machen. – Gesegnete Mahlzeit wünsch ich!«

Die Könige ließen sich vor dem Glasofen nieder, am Rand der Schürgrube. Die in der Asche gerösteten Erdäpfel und das Bier aus der Hüttenschenke, das Kittelseff ihnen in einem Humpen aus grünem Waldglas reichte: Es gab nichts auf dem weiten Erdenrund, wirklich nichts, das sich mit dieser köstlichen Mahlzeit vergleichen ließ! Aus dem Schürloch strahlte den Königen Wärme entgegen und flackerndes Licht. Kittelseff schlurfte zur gegenüberliegenden Seite des Ofens, um nach den Hüttenjungen zu sehen. Als er zurückkam, meinte er rundheraus: »Übrigens ist mir was eingefallen. Drei Fremde, um diese Zeit unterwegs hier, und einer davon ein Mohr … Seid ihr am Ende gar die Drei Könige aus dem Morgenland?«

Die seien sie in der Tat, gestand ihm der König Melchior. Es verwundre ihn bloß, dass Kittelseff sie erkannt habe.

»No was denn, das hat sich doch mittlerweile schon rumgesprochen. Sie haben euch ja gesehn in Bethlehem, unsre Leute, die dort gewesen sind. Neumanns Tonl zum Beispiel, der Botenjunge aus Dessendorf, und die alte Watznauern aus den Strickerhäusern.«

»In Bethlehem, sagst du?« Der Mohrenkönig und seine Gefährten vermochten es kaum zu fassen.

»Von Engeln gerufen und hingeführt«, sagte Kittelseff. »Der Weihnachtsstern hat auch ihnen den Weg zur Krippe gewiesen, genauso wie euch. Und himmlische Heerscharen haben gesungen über dem Stall und das Kind in der Krippe hat sie gesegnet … Tut uns ock, bitt schön ihr hohen Herren, ein bissel erzählen von Bethlehem! Ist denn die Muttergottes wirklich so lieb und schön, wie's die alte Watznauern immer sagt? Und ist denn der heilige Josef wirklich ein schlichter Zimmermann? Und der Ochs und der Esel, haben sie wirklich das Kind in der Krippe mit ihrem Atem gewärmt?«

Die Hüttenjungen waren herzugekommen und hatten sich neben Kittelseff an den Rand der Schürgrube hingehockt, den Drei Königen gegenüber. Sie wagten sich kaum zu räuspern, sich kaum zu rühren. Wenn es nach ihnen gegangen wäre, so hätten sie wohl die ganze Nacht damit zubringen können, den Fremden zu lauschen. Aber die Könige waren müde vom weiten, beschwerlichen Weg durch den tiefen Schnee, ja es fielen dem König Kaspar ein paar Mal sogar schon die Augen zu.

»No, da werden wir euch nicht länger aufhalten«, meinte Kittelseff, doch der Nitsch-Hans hat rasch noch was loswerden müssen, etwas, das ihn die ganze Zeit schon beschäftigt hatte. »Wenn ich die hohen Herrschaften, bitt schön, was fragen dürfte …« Hier stockte er und bekam einen roten Kopf, bevor er mit zaghafter Stimme fortfuhr: »Nämlich, ich hab noch nie eine Krone gesehn, eine richtige Königskrone …«

Die Könige aus dem Morgenland wechselten einen Blick, dann holten sie aus den Reisebündeln die Kronen hervor und hielten sie in das Licht des Ofens. »Mein Gott, wie die glänzen!« Kittelseff schlug die Hände vors Gesicht, Breuers Gustav flüsterte: »Seht ihr die Edelsteine? Wie Brocken von buntem Glase!« Der Nitsch-Hans aber hat überhaupt keine Silbe hervorgebracht, weil er sich kaum noch zu atmen getraut hat vor Ehrfurcht und Staunen.

»Jetzt hätten aber auch wir eine Bitte an euch.« Der Mohrenkönig, nachdem sie die Kronen wieder verstaut hatten, sprach es mit ernster Miene. »Vorerst braucht niemand zu wissen, dass wir hier durchgekommen sind. Lasst ein paar Wochen ins Land gehen, ehe ihr drüber redet.«

Kittelseff und die Hüttenjungen versprachen, bis Ostern den Mund zu halten, wenn es den Herren Königen recht sei – abgemacht? »Abgemacht«, sagte der König Melchior, darauf gaben sie sich die Hand. Und nun wollten die Könige aus dem Morgenland weiter nichts mehr als schlafen, schlafen, in Ruhe und Frieden durchschlafen bis zum nächsten Morgen.

Kittelseff brachte Decken herbei, er bereitete ihnen ein Lager am Rand der Schürgrube: dies sei der angenehmste, der wärmste Platz in der Hütte, da ruhe sich's wie in Abrahams Schoß. Er rate ihnen, das alte Vatterle in die Mitte zu nehmen, da sei es am besten aufgehoben. »Und ihr da!« Dies galt nun wieder den Hüttenjungen. »Dass ihr mir keinen Lärm macht, verstanden? Schürt ein, dass das Feuer im Ofen hübsch sachte und gleichmäßig weiterbrennt – und vergesst nicht: Wir haben Schlafgäste auf der Hütte!«

Die drei Könige aus dem Morgenland bezogen ihr Nachtlager also am Rand der Schürgrube, in der Mitte der König

Kaspar, zur Linken der Mohrenkönig, zur Rechten der König Melchior, jeder sein Reisebündel unter dem Kopf, und nicht lange, so waren die beiden älteren Könige eingeschlafen. Der Mohrenkönig indessen, die Arme im Nacken verschränkt, bedachte noch einmal, was alles am heutigen Tag ihnen widerfahren war. Es schüttelte ihn noch jetzt, wenn er an den bangen Weg durch die Nacht dachte, durch das Schneetreiben, durch die einsamen Wälder. Noch einmal war alles gut gegangen für sie: wider alle Vernunft war es gut gegangen mit Gottes Hilfe. Und morgen? Und übermorgen? Der Weg nach Hause, der Weg ins Morgen-, ins Mohrenland – ach, das wusste der König Balthasar nur zu gut: Er war weit, so weit ... Ob sie durchkommen würden? Ob sie trotz aller Fährnisse, aller Widrigkeiten von Wind und Wetter nach Hause durchkommen würden, seine Gefährten und er?

»Gott, der du unser Vater im Himmel bist!«, fing er zu beten an. »Lass mich nicht zweifeln an deiner Gnade, an deinem Beistand! Gib mir ein Zeichen in allen Ängsten, die mich befallen haben in dieser bangen Stunde – ein Zeichen der Hoffnung, der Zuversicht!«

Und siehe, was hörte der Mohrenkönig, kaum dass er den Herrn um das Zeichen gebeten hatte? Er hörte von ferne ein Lied: das Lied, nach dem er sich über die Maßen gesehnt hatte während der letzten Tage und Nächte, je länger, je mehr ... Ob es wahrhaftig eine Zikade war, deren Gesang er da hörte, liegend unter dem Dach einer böhmischen Glashütte?

Lieblich sang die Zikade, mit hoher, sirrender Stimme, wie

er sie noch im Ohr hatte, aus den weiten, duftenden Gärten des Mohrenlandes, in deren Mitte er auszuruhen gedachte von dieser Reise, Seite an Seite mit seiner Frau, der schönen, der dunkelhäutigen, die so lange auf ihn gewartet hatte, auch sie voller Ängste und Sehnsucht.

Der Mohrenkönig, dem Lied der Zikade lauschend, hatte sich aufgerichtet. »Was hat's denn?« Kittelseff beugte sich fragend zu ihm herüber. »Ist was?«

»Das Lied der Zikade!« Der König Balthasar aus dem Mohrenland strahlte vor Rührung und Dankbarkeit über sein schwarzes Angesicht. »Das Lied der Zikade!«

Wenn er das Zirpen meine, das feine und hohe Sirren, erwiderte Kittelseff, also das könne er ihm erklären. »Nämlich das ist ein Heimchen«, sagte er, »eine kleine Hausgrille, wie sie auf manchen Glashütten überwintern. Und manchmal, wenn es hübsch warm und still in der nächtlichen Hütte ist, das Feuer im Glasofen brennt vor sich hin und es schmilzt in den irdenen Häfen das liebe Glas heran – dann lässt sich's mit zarter Stimme vernehmen, das Heimchen: Aber nur dort, wo der Segen des Herrn auf der Hütte ruht, wohlbemerkt.«

»Möge der Segen des Herrn euch erhalten bleiben«, sagte der Mohrenkönig, die Arme ausbreitend. »Und das Heimchen, wie du die kleine Grille nennst, sei bedankt für den Trost und die Zuversicht, die mir sein Lied gespendet hat.«

»Amen«, sagte der Kittelseff. »Amen«, sagten die Hüttenjungen, der Nitsch-Hans und Breuers Gustav. Was hätten sie sonst auch sagen können? In Augenblicken wie diesen ist Amen immer ein gutes, ein angemessenes Wort.

Am nächsten Morgen sind die Drei Könige weitergezogen, hinaus ins Schlesische. Ums Hellwerden hatte sich über der Iser ein jäher Westwind erhoben, der hatte das Schneegewölk aufgerissen und weggefegt, bis der Himmel so blank und klar war wie eine Schale von blauem Glas, und die Sonne stieg hinter den Wäldern auf, strahlend und groß, eine Scheibe von purem Gold. Als gegen Mittag die Glasmacher in die Hütte kamen, mit ihren Gehilfen und Lehrjungen, und das glühende Glas aus dem Ofen holten mit ihren Glasmacherpfeifen, um Krüge daraus zu blasen, Flaschen und Trinkgefäße verschiedenster Art und Größe: als gegen Mittag die Glasmacher kamen, hat keiner von ihnen geahnt, und sie haben's auch nicht erfahren, weder von Kittelseff noch von den Hüttenjungen, wer die vergangene Nacht auf der Iserhütte verbracht hatte. Ostern ist schon vorbei gewesen, als die Geschichte allmählich ruchbar geworden ist unter den Hüttenleuten, danach in den Bauden und auf den Dörfern im Umkreis; und es mag sein, dass manch einer sie bloß für ein frommes Märchen hielt, deren es viele gegeben hat in den alten Zeiten.

Eines aber war unbestritten, noch meine Großeltern haben darum gewusst und daran geglaubt: Wo immer ein Heimchen sich hören ließ auf den isergebirgischen Hütten, des Nachts, wenn es warm und still war unter dem steilen Hüttendach, nur der Nachtschürer und die Hüttenjungen sind an der Arbeit gewesen, am Einschüren und am Nachschüren, während im Ofen drin, in den hohen irdenen Häfen das Glas heranschmolz – wann immer um diese stille Zeit sich ein Heimchen vernehmen ließ, nahmen's die Hüttenleute als Zeichen dafür, dass Gottes Segen auf ihrer Arbeit ruhte, und waren dankbar dafür.

Preußler, Otfried
Der Engel mit der Pudelmütze
ISBN 978 3 522 17766 5

Gesamtausstattung: Herbert Holzing
Schrift: Stempel Garamond
Satz: KCS GmbH, Stelle/Hamburg
Reproduktion: Photolitho AG, Gossau/Zürich
Druck und Bindung: Livonia Print, Riga

7 6 5 4 3° 14 15 16 17

www.thienemann.de
www.preussler.de

MIX
Papier aus verantwortungsvollen Quellen
FSC® C002795